한 번 쓴 편지
Only once a Letter

2019년 3월 11일 초판 1쇄

지은이　　이병웅
펴낸곳　　HadA
펴낸이　　전미정
책임편집　최효준
디자인　　윤종욱 정윤혜 최하영
교정·교열　한채윤 황진아
출판등록　2011년 5월 17일 제300-2011-91호
주소　　　서울 중구 퇴계로 182 가락회관 6층
전화　　　070-7090-1177
팩스　　　02-2275-5327
이메일　　go5326@naver.com
홈페이지　www.hadabooks.com
ISBN　　　978-89-97170-44-9 (03800)

값　　　　12,000원

ⓒ 이병웅, 2019

평생 한 번 쓴 편지

Only once a Letter

이병웅 지음

머리글

    글을 쓰는 것은 많은 사람이 보도록 하기 위함이지만 여기 기록한 글은 그런 목적으로 쓴 글이 아닙니다.

    지난해 여름은 100여 년 만의 더위였고 기간도 근 두 달 가까이 30도가 넘는 일기로 모두가 지쳐 있었던 해였습니다.

    날씨는 덥고 하여 나는 책상머리에 앉아 지난날 썼던 글도 다시 한 번 읽으며 정리하다 보니 더위도 쉽게 잊을 수 있어 한여름 내내 그렇게 지냈습니다. 쓴 글들을 다시 보니 일부는 수정하고 싶고 더러는 살아 왔던 삶의 글들을 더 붙이고 싶은 마음에서 글을 쓰기로 하였습니다.

    글의 내용은 이산가족을 찾아주기 위해 30년이 넘게 북측과 대화하면서 그 뒷이야기를 쓴 내 글을 남북관계에 일하시는 분들이 보내주기를 부탁하는 이가 적지 않으나 남아있는 책자가 없어 여기에 다시 실은 것입니다.

    그리고 내가 살아오면서 지냈던 이야기, 한국전쟁으로 헤어진 가족 만나기를 한없이 그리시다 하늘나라에 가신 아버지의 눈물의 사연과 11살에 헤어져 52년 만에 만난 어머니와 말 한마디 건네지 못하고 헤어진 불효자의 눈물로 쓴 편지를 수록했습니다.

한편 책에 자신의 글도 넣고 싶다 하여 외국 제자들이 보내온 글을 수록하였으며, 이 책자 출간하는 데 도움을 주신 정영희 권사, 조병기 박사 그리고 늘품 전미정 대표님께 감사의 인사를 드립니다.

한 가지 안타까운 것은 북에 계신 100세가 넘으신 어머님이 지금 살아 계신지도 알 길이 없는 이 한반도의 비극적인 상황입니다.

바라건대 하나님께서 크신 역사하심으로 이산가족들의 눈물을 닦아 주시고, 한반도 전체가 자유로이 하나님을 섬길 수 있도록 만들어 주시기를 기도합니다.

2019년 3월

한강변에서 이병웅

목차

제6부
삶의 전환점을 마련해 주신 분들

/

제1부

지난날을 돌아보며

Only once a Letter

01

민족의 눈물

우리 집은 길가에 있었다. 때때로 많은 사람들이 길가에 모여 있었으며 손에는 흰 바탕에 붉은 동그라미가 그려진 종이 기를 흔들고 있었다. 6살 나이에 무슨 일인가 하여 어른들 틈새를 뚫고 앞으로 나갔다.

앞서 가는 사람은 긴 칼을 차고 완장을, 어깨에는 가죽끈 같은 것을 메고 말을 타고 있었고 그 뒤로 20여 명의 사람들이 어깨띠를 하고 걸어가고 있었으며 뒤에도 앞에 말 탄 사람과 같은 옷을 입은 사람이 말을 타고 따라가고 있었다.

그런데 무표정하게 따라가고 있는 사람들의 허리춤에는 끈으로 앞사람과 뒷사람이 묶어져 있었다. 거리에 있는 사람 중에는 울고 있는 사람도 있고, "살아서 돌아와라"하고 소리치는 사람도 있었다. 어른들의 "아이들은 들어가라"하는 소리도 들렸다. 나는 무슨 일이 벌어지고 있는지 알 수 없었다.

그해 여름엔 마을 사람들이 손에 위쪽은 빨간색으로 아래쪽은 파란색으로 된 종이 기를 흔들며 좋은 세상이 왔다고 떠들어 대는 것도 보았다.

그동안 내가 본 차 중 목탄차라는 것이 있었는데 푸른색을 칠한 커다란 차에 생전 보지도 못했던 코가 크고 키가 장대 같고 긴 장화를 신은 사람들이 차에 가득히 타고 있었으며 몇 대의 차 뒤에는 4마리의 말이 끄는 마차가 따랐고, 그 뒤에는 말을 탄 사람 수십 명이 따라가고

있었다. 어린 나이에 신기하기만 했다. 더욱 기분이 좋았던 것은 자동
차가 지나가면 차 뒤에서 고소한 냄새가 났으며 친구들과 함께 그 냄
새를 맡으려고 따라가기도 했었다. 신학년이 되어 아버지는 나를 좀
일찍 학교에 입학시켰는데 교실 앞에는 두 사람의 사진이 걸려 있었
고 선생님은 위대하신 원수님과 장군님의 사진이라고 소개했다. 그리
고 이제 우리는 잘살게 되었다고도 했다.

　이렇게 시작된 기쁨이 이제 80이 되는 나와 우리 민족 모두가 아직
까지 남몰래 눈물을 흘리며 비통한 심정으로 살게 하리라는 것을 상
상이나 했을까…….

　1945년 7월 26일 제2차 세계대전의 종결 직전 연합군인 미국·영국·
소련 수뇌들은 독일의 포츠담에 모여 전후 문제를 위한 회담을 가
졌다. 여기서 일본의 무조건 항복과 한국의 독립을 발표했다. 그러나
일본은 이를 거부하다가 1945년 8월 6일 8시 15분에 미군 B-29폭격
기가 히로시마시에 최초로 원자폭탄을 떨어뜨리자 일본에 항복 분위
기가 조성된다. 소련 정부는 이런 틈을 타고 그 이틀 후인 8월 8일 일
본에 선전포고를 하여 붉은 군대는 연해주를 거쳐 9일에는 한반도에
진입시켰고, 8월 13일에는 청진에서 일본군과 대치하게 된다. 이에
미국은 10일 미국군합동위원회를 열고 한국의 38선 이북은 소련이,
그 이남은 미국이 항복을 받는다는 건의를 투르만 대통령에게 올려
결재를 받는다. 일본 정부는 10일 포츠담선언을 수락하고 15일 항
복했다. 미국은 15일 38선 분단문서를 전송으로 소련에 보내고 소련
은 이를 수락하였으며 내가 살던 우리 집 앞을 지나 21일에는 함흥과
원산, 24일에는 소련극동방면군이 평양에 진입했다.

한편 필리핀 부근에서 배를 타고 와야 하는 미군은 9월 8일에야 한반도에 도착하여 9월 9일 주한미군사령관 하지 중장이 아베 노부유키 조선총독으로부터 항복 문서를 받고 남한 지역을 미군정으로 관리하게 되었다. 이렇게 우리 땅은 38선으로 나누어졌으며 지구상에 유일한 분단국가로 아직까지 남아 있다.

분단된 남과 북은 반목과 대결의 장으로 70년이 넘게 이어지고 있으며, 우리보다 자기들 이익만 챙기려는 미국, 중국, 일본, 러시아의 틈바구니에서 민족끼리 전란까지 치르고, 앞날을 예측할 수 없는 비극 속에 온 민족과 많은 이산가족들이 눈물로 살아가고 있다.

02
주먹밥을 먹으며 흘린 눈물

북에는 11월이면 눈이 많이 와서 온 천지가 눈에 덮여 살고 있는데 1950년 12월 5일 저녁 해질 무렵 아버지는 11살인 나더러 같이 가자고 하셨다. 어머님도 우선 아버지를 따라가라고 하셨고 어머니는 "오늘 저녁 집안을 대충 정리해 놓고 내일 갈게요." 하셨다. 아버지는 가족과 함께 떠났으면 하였지만 곧 어두워지니 엄동리교회에 함께 다니시던 분들이 "우선 역 부근에 가서 상황을 봐 가며 가족과 함께하도록 합시다."라는 권고도 있고 하여 아버지와 나만 집을 나섰다.

다음 날 새벽에 총소리가 나자 이곳에서 전투가 시작되었다고 하였으며 많은 사람들이 기차역 방향으로 몰려가고 있어 아버지와 나도 그들을 따라나섰다.

영하 20도 가까운 추운 날씨에 어디로 가는지도 모르는 기차를 탔다. 표가 있는 것도 아니고 여객 칸도 아닌 화물열차에, 엄동리교회의 김시환 집사님 덕에 자리를 겨우 얻어 올라탔다. 여차하면 떨어질지도 모르는 열차 맨 끝자락에 아버지 팔에 꼭 껴안긴 채 나는 1950년 12월 7일 신북청역을 떠났다. 수많은 사람들이 서로 타려고 하는 그 현장에서 그나마 끝자락일 망정 앉을 수 있었던 것은 다행한 일이었다.

그해 여름에 시작된 전쟁은 남과 북이 서로 밀고 밀리다가 마지막으로 군장비와 군인들이 철수하고 있는 열차였기에 피난민들은 승차에 생사를 건 현장이었다.

천신만고 끝에 흥남 부두에 왔으나 이미 주변은 중공군에 포위되었고 앞은 바다로, 돌아갈 수 없는 처지가 되었으며 많은 사람들은 쪽배라도 구하려고 수소문했으나 이미 떠날 수 있는 배는 다 떠났다고 했다. 수많은 피난민들은 우왕좌왕하며 하루하루를 보내고 있었으며 고향의 한 교회에서 그 곳에 함께 온 분들의 간절한 기도가 이루어져 당초 계획이 없었던 미군 배편이 마련되어 승선의 기회가 주어졌다.

부두는 몇 척 안 되는 배를 타기 위해 밀치고, 넘어지고 아이들을 잃어버려 찾는 이들로 말할 수 없는 혼란의 현장이었다. 아버지는 나를 놓치지 않도록 허리띠에 끈을 묶어 연결하여 이리저리 승선할 기회를 엿보며 다녔다.

배는 어디로 가는지를 아무도 모른 채 2천 명 정도 탈 수 있는 배에 수천 명이 승선하였으며 1927년에 지었다는 동양 최대의 흥남 질소 비료공장이 불바다가 되는 것을 보면서 바다를 가르며 남으로 향했고 장승포항에 내려 거제도에서도 제일 작다는 동네 둔덕면으로 이동하였다.

아버지의 생각은 잠깐 집을 떠났다가 돌아가는 줄 알고 추위를 이기기 위한 옷과 진료가방 하나만 들고 집을 떠난 것이 이곳까지 오게 된 것이다.

저녁이 되어 크리스마스 이브라 자그마한 시골교회로 갔다. 많은 피난민이 들이닥쳐 어려운 가운데도 그곳의 교인들이 따뜻한 주먹밥을 하나씩 나누어 주어 며칠을 굶고 온 우리는 그 한 덩어리에 감격하여 눈물을 흘리며 먹었다. 그때의 그 고마움을 평생 잊지 않고 있다.

부산 초량역의 빈대떡

빈대떡은 평안도에서는 지짐이, 황해도에서는 막 붙이, 전라도에서는 허드레 떡, 서울에서는 빈대떡이라고 한다. 빈자떡이라 불리는 이 떡은 이름은 다를지언정 서민들이 애용하는 식품이라는 점은 같다. 빈대떡이라는 이름은 흉년이 되면 유민들이 한양 도성 안으로 많이 몰려오는데 경제력이 있던 가문에서 달구지에 빈대떡을 가득 싣고 와서 "여흥 민 씨 적선이요, 안동 김 씨 적선이요!" 소리 높여 외치며 빈자들에 대한 구호활동을 하였다고 한다. 이래서 빈자떡이라 했다는 설과, 서울 정동의 옛 이름이 빈대가 많다고 하여 빈대굴이라고 했는데 이 지역에서 빈대떡을 부쳐 파는 장사가 많아 빈대떡이 되었다는 설도 있다. 지금은 고급식당이나 호텔식당에서도 모양을 갖추어 밥상에 오르기도 하는 빈대떡이지만 우리 민족이 귀천을 막론하고 사랑하는 음식임에는 틀림이 없다.

나와 아버님은 1952년 여름 거제도 피난민 수용소에 머물고 있었는데, 북에서 한 교회에 다니시던 교인가족 30명이 한밤중에 탈출하였다. 전쟁이 쉽게 끝날 것 같지도 않고 거제도에서는 의식주를 해결하기 위한 방책이 별로 없자 어른들이 의논 끝에 부산으로 가기로 하여 떠난 것이다. 부산에 왔다고 하나 특별히 반겨주는 사람이 있는 것도 아니고 미리 준비된 장소가 있는 것이 아니었기에 부산 초량동 뒷산에 천막을 치고 지내게 되었다. 그곳은 우리 일행만이 아니라 전국에서 모여온 피난민으로 산 전체가 천막촌을 이루고 있었다.

피난민들 중 조금이라는 가진 것이 있는 사람은 국제시장에 나가 장사하는 이도 있었으나 대부분 부산 부두에 나가 막노동을 하거나 아낙들은 거리에서 노점상을 하며 생계를 이어 갔다. 다행스러운 것은 미국에서 오는 전쟁물자나 구호물자가 부산 일대를 통해서 들어오므로 잡역일도 많았고 장사꾼들에 의해 미제 물자들이 뒷거래되고 있어서 수백만의 피난민이 몰려온 부산은 성시를 이르고 있었다.

초량 뒷산에 거주민이 많아지자 초량시장과 초량천을 따라 흐르는 길가 양쪽에는 노점으로 들어차 있었으며 잡일을 다니는 사람들이 싼값에 간단히 먹을 수 있는 노점음식가로 차 있었다. 재료가 풍족치 않던 시절 그곳에서는 맛이 좋다는 고래 고기도 있었으며, 빈대떡을 부쳐 파는 이들도 많았다. 어린 피난시절 그곳을 지나려면 맛있는 기름 냄새와 부글부글 익어가는 빈대떡 앞에서 먹고 싶은 심정에 한참씩 서 있곤 하였으며, 그렇다고 돈 내고 사 먹을 수 있는 처지고 못 되고 어머니가 계시지 않은 나는 부쳐 달라고 떼를 쓸 데도 없어서, 마냥 먹고 싶은 심정으로 그 앞에서 서성거렸던 일들이 지금도 생생하게 떠오른다.

04

돈 주고 한강을 건너다

6.25 전쟁 며칠 후 인도교가 폭파되어 가교는 있었으나 이 다리는 군사용으로만 이용되었으며 민간인이 공식으로 한강을 건널 수 있는 길은 철도로만이 진입할 수 있는 유일한 길이었다.

지금은 한강을 건널 수 있는 다리가 30여 개가 되나 지난날 오랫동안 한강에 다리를 놓지 않았다고 한다. 도성 앞에 흐르는 물을 방어선으로 여겼던 조선왕조 시대의 전략으로 왜적의 침입을 막는 방편의 하나였기 때문이다.

임진왜란 때는 방어선으로 시간을 얻어 선조가 피난할 수 있었으며 병자호란 때는 인조가 한 서민의 등에 업혀 한강을 건너 남한산성으로 피신할 수 있었다고 한다.

한강 철교는 1897년 3월에 착공하여 1907년 7월에 미국인 모리스에 의해 준공되었으며 약 넉 자 폭의 인도가 곁에 붙어 있어 사람들이 건너다닐 수 있도록 했다고 한다. 그런데 한강을 도강하는 배의 수입은 왕실수입원의 하나였는데 철교로 수입원이 줄게 되자 철교 옆 인도는 폐쇄하였다고 한다.

일제 초기에는 일본인 상인 하나가 영등포까지 배로 다리를 만들어 돈을 번 일도 있었다고 한다.

1953년에는 휴전이 되고도 군 당국의 검열에 통과하여야 서울에 진입할 수 있었다.

부산 해운대에서 피난민 생활을 하고 있던 1953년 여름 어느 날 아버지께서 갑자기 이사를 가자고 하시어 괴나리봇짐을 지고 서울 오는 완행열차를 탔다.

　전날 아버지께서는 부산 시내에 일보러 가셨다가 고향 친구인 이필연 장로님전 외무장관 이동원 부친을 만났는데 "고향에 빨리 가려면 한 발짝이라도 북쪽으로 와서 살아야지."라고 하신 말씀 한마디로 서울로 이사하기로 결심하신 것이다. 아버님은 북에 두고 온 가족을 보기 위해 하루 빨리 고향으로 가야겠다는 말씀을 늘 하시고 계시던 터에 이 한마디에 바로 실행에 옮기셨다.

　서울 오는 기차는 열 시간이나 걸려 영등포역에 도착했고, 영등포역에서 하루를 기다리게 하더니 헌병들이 올라와서 일일이 한강을 건널 수 있는 '도강증'을 조사했다. 아버지는 어디서 정보를 얻으셨는지 부산에서 열차가 오는 동안 도강증을 마련하셨다.

　아버지는 도강증을 어떻게 얻었는지는 말씀하지 않았으나 누구엔가에게 얼마의 돈을 주고 산 것이라 생각되며 우리 부자는 서울 입성을 위해 한강 다리를 돈 주고 건넜다.

05

기독교를 전파한 불량기佛俍機 나라

우리 가문이 일찍 기독교에 입적하게 된 것은 프랑스의 선교사 그 라몽의 포교에 심취한 이승훈李承薰 문중 어른이 우리나라 사람 중 최 초로 북경 남동천주교성당에서 세례를 받았기 때문이다.

이러한 인연으로 아버지는 일찍 기독교에 입적하셨고 평생 깊은 신앙심으로 생활하셨다. 나는 남동성당이란 곳이 어떤 곳인가 하여 1997년 내가 북경에서 북한적십자사와 구호물자를 주기 위한 남북적 십자회담을 할 때 그 성당을 방문하였다. 그 성당은 우리나라가 천주교 를 처음 받아들이기 100년 전에 세워진 성당이었다. 그날 내가 미사에 참여했었는데 그때는 중국 사람은 성당에 다닐 수 없던 시절이라 외국 사람들만 예배를 보고 있었고 미사도 영어로 집전하고 있었다.

우리나라에 기독교가 들어오는 데는 프랑스의 영향력이 컸다고 한다. 그 이유 중에 하나는 우리나라 사람들이 일찍부터 프랑스라는 나라는 하늘이 돌보는 큰 나라라고 알고 있었고 임진왜란 때 성능 좋은 불량 기佛俍機라는 화포를 전쟁에 사용한 일이 있어 그 나라를 불량기 나라 라고 불렀다고 한다. 현종 13년 한불 물물교류가 서해 고군산열도의 한 섬에서 있었는데 두 척의 군함이 난파되어 이 섬에서 표류되자 주 민들이 극진히 구호하여 떠날 때 그 사람들이 가지고 있던 물건들을 선물로 주고 가면서 그중 시계를 주고 갔다고 한다. 마을 사람들이 '짤 깍짤깍' 소리 나는 것에 놀라, 그 사람들이 가면서 악귀를 두고 갔다

1961년 대학 졸업 축하예배(최붕윤 목사님)

하여 굿을 한 일도 있었다고 한다.

　프랑스가 1886년 수교한 다음해 프랑스인 백불량Blanc 요한 주교가 현 명동성당 터를 매입하여 현재 명동성당이 세워지게 되었으며 우리 나라 초대 천주교 교구장도 1831년 프랑스인 소브뤼기에르로 초기 우리나라에 그리스도를 전파하는 데 프랑스의 역할이 컸다고 하겠다.

06

신설동 학교

신설동 대광학교 정문에 들어서면 운동장 건너편 높은 굴뚝 옆에 "그리스도를 바라보자"라는 큰 현판이 붙어 있어 매일 아침 이 글을 보면서 교실로 들어가게 된다.

이 표어는 학창시절 무심히 지나쳤던 표어였건만 졸업 후 내가 사회생활을 하면서 내 평생 삶의 표어가 될 줄을 그때는 미처 몰랐다.

내가 이 학교에 다니게 된 것은 장로님이셨던 아버님과 아들같이 늘 사랑해 주셨던 우리 교회 목사님께서 예수 잘 믿는 사람을 만들려면 '대광학원'에 가야한다고 의논하시어 정해 주셨다. 학생 가정의 대부분은 기독교 교인이었고 목사, 장로 가정의 자녀가 많았다. 선생님께서는 모두 훌륭한 분들이셨다.

선생님들은 정열적으로 열과 성의를 다하여 가르쳤으며 이동범 수학 선생님은 사투리로 "어째서 공부 아이 하니?" 하시면서 우리들을 때로는 주먹으로 쥐어박았고, 영어 선생님은 "니들 맞아야 정신 차리갔어." 하시며 우리의 학습을 위해 애쓰시곤 하셨다. 잊지 못하는 선생님 중에 한 분은 작문을 가르치신 이범선 선생님이시다. 나중에 "오발탄"이라는 작품으로 유명해지신 문학자로 "글을 쓸 때 미리 잘 써야겠다고 마음먹고 쓰면 글이 써지지 않으니 생각나는 대로 써라."라고 가르치셨다. 공부를 하면서 가장 곤욕스러웠던 일은 수시로 종합시험을 치고 그 성적을 순위대로 학교 벽에 발표하여 전교생이 보도록 한 일이다. 우리 학교 학생들은 대부분 교회에 다니었으므로 그 성적을 후배들이 보고 교회에 와서 "선배님 성적 몇 등으로 내려갔던데요!" 이렇게 발표하면 멋쩍기도 했다. 요즈음 같으면 인권이니 뭐니 하여 시끄러웠을 것이다.

여름방학이면 전 학년이 수양회를 가는 행사도 있었다. 기간 중 하루는 조별로 아무 데나 가서 철야기도를 하도록 시켰다. 우리들에게 기독교 신앙을 심어주기 위하여 매일 수업시간 시작할 때와 수업이 끝날 때에는 찬송, 기도를 하는 것 외에도 일주일에 두 번 강당에 전교생이 모여 예배를 드리기도 했다. 교실에서의 기도는 학생들이 돌아가면서 순번을 정하여 하였는데 대부분 글을 써서 읽었다. 기도하는 중에 짓궂은 옆 친구가 써놓은 기도문을 집어 가는 일이 종종 있어 기도하다가 중단하고 "인마! 집어가면 어떡해!" 소리치는 경우도 때때로 있곤 하였다.

점심시간에는 매일 강당에서 200명이 넘는 선후배들이 함께 모여 합창연습을 하고 연말이면 영락교회에서 메시야를 공연하기도 했다. 합창단원으로 노래를 불렀던 그 시절이 즐거웠고 그립기도 하다.

그리스도를 바라보고 사는 친구들

07
절망을 이겨내다

학창시절 나는 교회 일을 열심히 하였고, 무더운 여름방학에는 금호동 뒷산에서 직업소년들을 위한 야간학교를 지어 주려고 흙벽돌을 찍어 만드는 봉사활동도 했다. 아버지는 나를 신학교에 보내겠다는 뜻을 갖고 계셨기에 교회봉사도 많이 하라고 하셨다.

아버님은 엄한 가정교육으로 화투나 오락과 관련된 것은 해서는 절대 안 된다고 늘 말씀하셨다. 고등학교 3학년 되던 해 아버지는 북에 두고 온 가족을 늘 생각하시더니 건강이 극도로 나빠지셨으나 의사인 아버님은 자가 치료를 하셨다. 어느 날 아침 나를 부르시더니 지난밤의 꿈에 "하나님께서 나를 오라고 하시면서 집에서부터 하늘 높은 곳까지 하얀 천으로 카펫을 깔아 놓았는데 올랐다가 나에게 간다는 말을 하고 오겠다고 하고 세 발짝 걷고 내렸으니 며칠 내로 하나님께 갈 것 같다."고 말씀하셨다. 그리고 다음 날 아침 갑자기 각혈을 하여 동대문 이대병원에 입원하셨다가 바로 소천하셨다. 가족이 없던 나는 어렵게 대학에 진학하고 학창시절을 보냈다.

물려받은 재산도 증식해 주겠다는 주변의 말만 믿고 대여해 주고 엄청난 손실을 보았으며, 아버님 생전에 어려움이 없이 편히 지내다가 삶의 용기를 잃은 상태가 되었다. 다행히 김시환 장로님의 집에서 기거하며 학업을 계속할 수 있었다.

열심히 공부하던 어느 날 갑자기 각혈하기 시작하더니 아주 심한 상태가 되어 서울에서 가장 유명하다는 충무로 노 내과에 갔더니 조그마한 망치로 몇 곳을 두드려 보고 "젊은 학생, 참 안되었네. 결핵 3기가 되었구먼."이라는 청천벽력과 같은 사형

경림회 회원(외도에서)

선고를 받았다. 당시에는 3기면 소생 능력이 없던 때로 이 절망적인 상황에서 내가 할 수 있는 일는 "하나님 살려 주세요."라고 기도하는 길밖에 없었다. 다행히 재검에서 폐종양으로 판명되어 당시 구하기 힘들었던 고가 항생제 치료로 살아남게 되었다.

근 6개월을 항생제 치료 끝에 몸은 극도로 쇠약하였으나 대학 졸업을 앞두고 군에 입대하여야 하겠기에 간부후보생 장교시험에 응시하기로 하였다. 학과시험은 잘 치른 것 같은데 면접관들이 "저렇게 약한 사람이 훈련받을 수 있을까?"라고 하는 말소리가 들려서 합격이 어렵겠구나 생각했다. 더욱이 5.16 혁명 이후 군 세상이 된다 하여 응시자가 많아 경쟁률이 높았으나 다행히 합격하여 보병학교에 입교하였다. 그러나 건강상태가 좋지 않아 훈련 중 고생이 막심하였으나, 하나님께 기도하며 이 자리를 놓치면 내 인생이 끝장이라는 굳은 각오로 1년여 간 광주 보병학교에서 교육을 받았으며 건강이 몰라볼 정도로 회복된 상태에서 소위로 임관하였다.

08
나와 안경

우리나라 최초의 안경은 임진왜란 때 일본통신사1590년로 갔던 선조 때 학자 김성일金誠一이 끼었던 안경으로, 그의 후손 집에서 발견되었다고 한다. 왕조실록 정조 23년1799년 임금님의 시력이 나빠 책을 읽는 데 안경을 끼었다고 기록하며, 안경이 200년 전에 있었다고 적고 있으므로, 1600년을 전후하여 안경이 우리나라에 있었던 것 같다. 서양에서 안경의 기원은 1250년 몽고 지방을 여행했던 프란시스코 수도사 윌리엄 드브러크가 몽고 지방 사람들이 안경을 낀 것을 보고 수도사 베이컨에게 이야기했는데, 이를 듣고 1268년 베이커가 안경을 만든 것이 서양 안경의 기원이 되었다고 한다. 요즈음은 안경을 계속 끼고 다녀도 되지만 한 세기 전만 해도 어른들 앞에서는 벗어야 했다고 한다. 순종도 눈이 나빠 안경을 끼고 살았지만 부왕인 아버지 앞에서는 절대로 끼지 않았다고 한다. 그런가 하면 제사 지낼 때도 안경은 벗고 조상을 대하는 것이 법도이기도 했다고 하는데 최근에는 색안경까지 끼고 어른들을 대하거나 조상을 대하는 시대가 되었다.

나는 고등학교를 다니면서부터 근시 현상이 나타나서 칠판에 글씨를 작게 써 놓은 수학시간에는 앞자리 친구 자리에 끼어 앉아 수업을 하곤 했다. 대학시절에는 안경을 쓰고 다녀 강의시간 기록에는 불편함이 없었다. 대학 졸업시험을 치고 군에 가기 위해 장교시험을 치기로 했는데 시험 전에 신체검사를 먼저 하도록 되어 있어 시력이 걱정되었다. 지금은 안경을 쓰고 검사한다고 하는데 그때는 안경을 벗고 검사하게 되어 있어 안과에 가서 1.0 위의 두 줄을 열심히 외워두기도 했다. 다행히 안경 벗고도 0.8까지는 합격선이라 신검을 무난히 통과했다, 논산훈련소와 보병학교에서 훈련 받는 데는 전혀 지장이 없었다. 사격을 하려면 300미터 이상 표적 보기가 어려워 안경을 꺼내서 쓰고 득점하곤 했다.

그런데 보병학교에서 어느 날 먼 곳에 있던 선배가 나를 "귀관" 하고 불렀다. 그곳에서는 부르면 즉시 그 앞에 가야 한다. "귀관은 왜 인사 안 하고 가나!" 하고 불려 가서 선배 내무반에서 포복기압을 받기도 했다. 다행한 것은 나이가 들어 노안이 되면서 안경을 안 써도 작은 글씨를 볼 수 있고 70이 넘도록 강의 자료를 돋보기 안 쓰고 볼 수 있었다. 요즈음은 돋보기를 써야 자료를 볼 수 있는데 안경이 없었다면 이 시대 눈뜬장님이 얼마나 많을까? 안경 만드신 분들에게 고마운 인사를 다시 드리고 싶다.

09

삼각지 정훈학교

임관과 동시에 전방부대 소대장으로 보직되어 연천 부근 최전방에서 근무하게 되었다. 내 근무는 북쪽이 가장 잘 보이는 전망대가 있어 귀빈들이 수시로 방문하는 곳이었다.

이후 연대교육관으로 보직되었는데 당시만 하더라도 중대별로 교육계획을 작성하여 중복되는 교과시간으로 아침이면 보조 교재 확보를 위한 쟁탈전이 일어났다. 나는 강당 벽에 일 년간의 날짜를 쓰고 교과목에 부호를 붙여 연간 교육계획을 강당에서 숙식을 하며 혼자 작성하여 중복을 피할 수 있게 했다. 이 교육계획이 전 전방부대에 시달되어 시행되었고 나는 군사령관의 표창을 받기도 하였다.

당시 전방에서는 작전보좌관이 정훈장교를 겸무하고 있어 나는 삼각지에 있는 정훈학교에서 교육을 받았다. 교육 후 1965년 중위시절 정훈학교 교수요원에 선발되어 위관 장교로는 근무하기 어렵다는 서울 근무를 하게 되었다.

육군정훈학교는 소령급 이상 장교와 경찰을 대상으로 5.16 혁명 이후 국가안보에 대한 최고 교육기관으로 우리나라 최고의 학자들이 초빙교수로 강의를 하였으며 헌법강의에 박일경 박사, 한국사에 이선근 박사, 공산주의비판 양호민 교수, 경제에 조동필 교수, 국문학 양주동 교수 등 저명인사들의 강의가 있어 나는 내 강의를 하면서도 그분들의 강의를 들을 수 있는 좋은 기회를 갖기도 하였다. 한때 김종필 총리도 미국의 저명한 학자 로스토 교수의 "테이크 업Take off" 이론으로 비행기가 뜰 때가 중요한 것처럼 경제에서도 주요하다는 이론 강의를 하기도 했다.

　나는 북한 사회와 중국의 장개석 국부군과 모택동 공산군과 합작했던 내용을 연구하여 강의하는 과목을 맡았다. 교수진은 고위 장교들이였으며 중위로는 공산주의비판 이무웅국가안보대학원 교수, 문장론에 조병기시인, 전 동신대 국문과 교수, 경제에 곽영호유학원 원장 등 4명으로 그 시절의 만남으로 평생 친구가 되어 지금도 자주 만나 옛날이야기를 꽃피우며 지내고 있다.

10

중국 근세사를 통한 안보교육

1965년 정훈학교에서 나는 중위로 근세 중국사를 강의하며 우리나라의 안보를 강조하는 강의를 담당했다. 삼민주의민족, 민권, 민생를 주창하여 중화민국을 세운 손문孫文과 장개석蔣介石 정부가 맥없이 무너져 대만으로 쫓겨 간 이야기를 중심으로 대한민국을 지키기 위해서는 철저한 안보의식을 갖추어야 한다는 내용의 강의였다. 2시간 강의가 역사 이야기로 모두가 흥미 있게 듣고 질문도 많아 늘 마치는 시간에는 "오늘은 이만 합시다."라고 하고는 마치곤 했었다.

강의 도입부분은 중국의 서태후 이야기부터 시작했다. 서태후는 함풍제의 황후의 4촌으로 황제의 비로 입궁하여 함풍제가 사망하자 5세 아들을 동치제東治帝, 1861로 즉위시키고 쿠데타로 정적들을 제거한 후 함풍제의 황후 동태후로 섭정했다.

동치제가 천연두로 죽자1875년 동생의 3세 된 아들을 광서제로 즉위시켜 섭정을 계속했으며, 광서제가 16세가 되어 실권을 가지려고 하다가 실패하여 유폐상태에서 명목상으로 황제로만 있다가 34년의 재위 후에 서태후와 동시에 사망한다1908년. 이후 광서제의 조카 부의賻儀가 3세에 즉위하여 실부實父 순치왕醇親王이 섭정하고 있었으나 지역의 군벌들과 치외법권 지역에 사는 외국인 조계租界 지역, 경제적으로 안정된 상해 지역 등의 독자적인 행동으로 국정을 제대로 관리할 수 없는 상태였다.

이런 혼란시기였기에 혁명군으로서의 체제도 제대로 갖추어지지 않은 조직을 가지고 손문은 1911년 10월 신해혁명을 일으켰다. 그러나 세력이 미약하여 북측 지역의 원세개袁世凱와 합작하여 의회제도의 중화민국을 세웠고 손문의 양보로 대총통 자리에는 원세개1912년가 올랐다. 그는 실권을 잡자 황제로 등극하려다가 반대파로 성공하지 못하고 59세로 사망한다.

이후 손문이 대총통에 올라 일본 육사 출신 장개석蔣介石을 교장으로 황포군관학교를 세워 군 조직을 강화하고 신형무기로 무장시켰다.

한편 1917년 북경대학 문과학장이던 진독수陳獨秀는 공자사상을 비판하고 신문화 사회운동을 주창하며 신주의新主義를 제창하였고, 북경대학 도서관에서 일하던 모택동毛澤東은 신민학회를 창설했다. 그리고 1921년 7월 상해에서 13명이 참가한 가운데 중국공산당을 창설하고 진독수는 총서기로 선출되었다.

한편 손문은 국민당을 육성하여 북방 지역의 통일을 위해 중국공산당과 제1차 합작을 했다. 그는 공간주의자들이 자기가 주장하는 삼민주의민족, 민권, 민생에 동조하므로 공산주의에 대해 크게 우려하지 않고 합작하였으나, 북방통일에 성공 못하고 1925년 사망한다. 손문의 뒤를 이은 장개석이 1926년에 국민혁명군총사령관으로 취임하여 공산당의 확장 전략전술을 알고 제거를 시도하고, 북방 지역 통일전쟁에도 나서 일본이 점령하고 있는 만주 지역을 제외한 지역에 통일을 이룬다.

장개석의 공산당 제거를 피해 1931년 모택동, 주은래 등이 중심이 되어 홍군은 대장정에 나섰으며 1932년 4월 공산당은 모택동을 총서기로 하는 중화소비에트공화국을 선포했다. 1935년 만주를 점령하고 남침하고 있는 일본군을 피해 장개석이 서안에 주둔하고 있을 때, 국민혁명군부사령관 장학량이 홍군에 도움을 주어 장개석은 포위되었으며 강권으로 항일투쟁을 위한 제2차 국공합작에 서명하여 중국공산당이 공식적으로 재건하게 된다.

항일전쟁을 하는 동안 홍군은 점점 세력을 키웠으며 민심을 얻는 데 주력하여 세력을 확장했으나 국민혁명군은 고위직의 부패와 정보관리의 부재로 약세화되었다. 한편 미국은 장개석 정부를 적극 지원하면서도 공산당의 전략전술을 대수롭지 않게 보았다. 이런 상황에서 1945년부터 국부군과 홍군은 내전으로 싸워야 하는 상황이 되었고 국민군은 미국과 영국으로부터 우수한 군사 장비를 지원받고도 홍군에 밀려 대만으로 쫓겨 가게 되었으며 공산당은 1949년에 북경에서 중화인민공화국 정부를 세웠다.

이러한 중국의 역사를 볼 때 공산당의 활동은 늘 민심을 얻기 위해 노동자, 농민을 대상으로 조직적으로 선심 활동했으나 국민당 정부의 지도자들은 자기 개인의 이익만 추구하고, 금력으로 모든 문제를 해결하려는 고위직의 부패와 국가관의 결여로 결국 패망하게 되었다. 모든 것을 공산당에게 잃고 난 후에야 자기 잘못을 후회한들 아무 소용이 없는 것이다.

결론적으로 우리 모두는 청렴과 투철한 국가관으로 안보를 지켜야만 자유를 누릴 수 있는 이 국가를 지킬 수 있음을 강조하는 강의였다.

11

군악대

정훈학교 근무 중에 1966년 월남 파병 비둘기부대 공보장교로 발령받고 갔으나 전임자의 귀국이 늦어져 전투부대 소대장으로 근무하게 되었다. 우리 소대의 주 업무는 저녁마다 매복 작전을 나가는 임무였다. 월남전은 일정한 전선이 있는 것이 아니라 여기저기 수시로 야간이면 베트콩이 출몰하므로 잠복 지역이 노출되지 않도록 분대별로 배치하고 지켜야 하며 출몰하기까지 통신수단도 단절하고 말도 해서는 안 되며, 모든 것은 서로 손바닥 신호로 지키고 있어야 한다. 이런 근무 중 어느 날 수십 명의 베트콩부대가 우리 매복 지역에 나타나 야간전투가 벌어졌다. 일단 전투가 시작되면 본부와 통신도 되고 조명탄이 하늘에서 작전 지역에 비춰 주며 총격전이 전개된다. 다음 날 밝은 아침에 확인한 결과 그날 우리 소대는 이 전투에서 큰 공을 세웠다.

파월부대 배치를 받고 함께 발령된 부대원들과 부대장에게 처음 발령신고식을 하는데 그 부대에는 군악대가 없어 임석상관에 대한 경례 순서에서 앰프 스피커로 음악이 흘러나왔다. 외국까지 파견되었다는 부대에 군악대도 없다는 것에 기회가 되면 군악대를 창설해야겠다는 생각을 하였다.

내가 공보장교로 보직을 받자 군악대 창설을 건의하였더니 바로 승낙해 주셨다. 중학시절 6개월 정도 학교 악대에서 벨을 치며 서울 시내를 행진했던 경험을 살려 악대 조직의 아이디어를 냈다. 미군 보급

창에 가서 악기를 보급받고 일부는 사이공 시내에 가서 월남어를 잘
하던 권진호 중위와 함께 악기점을 찾아 악기를 구입한 후 장병 중에
서 나팔을 불 줄 아는 병사들을 모아 24인조 군악대를 조직하고 부대
열병행사에서 첫 곡을 나의 지휘 아래 연주하였다. 최일영 장군은 2차
대전 시에 패배로 실의에 차 있던 군대에서 나팔 불고 군가를 불러 사
기를 올렸더니 전투에서도 큰 성과를 올렸다는 전사를 읽고 있던 중
에 내가 군악대를 조직하겠다는 건의를 해왔기에 그 자리에서 승낙하
였다고 하셨고 채명신 사령관으로부터 큰 칭찬을 받기도 하였다.

파월기간 중 적의 포탄공격을 받아 위험했던 경우도 있었고, 구정
공세 시 헬리콥터로 작전 지역으로 가던 중 베트콩의 기관총 사격을
받아 항공기의 날개가 총에 맞아 추락 직전 불시착으로 살아 남기도
하였다. 우리 부대는 미제2기갑사단과 인접해 있었는데 30년 후에 다
시 베트남을 여행하여 베트콩의 긴 땅굴을 보니 우리 부대 인접한 지
역 대부분 지하에 땅굴이 연결되어 있는 것을 보고 다시 한 번 놀랐다.

주월 한국군에 창설된 군악대

12

영원한 적은 없다

우리나라가 베트남과 수교하기 전인 1992년 10월 24일 베트남적십자사 총재 Nuyun Trong Nhan 박사가 대한적십자사 강영훈 총재의 초청으로 일주일간 우리나라를 공식 방문하였다.

당시만 하여도 우리나라 민간 차원에서는 교류가 있었으나 공공기관은 물론 정부는 아무런 공식적인 접촉이 이루어지지 않던 시절, 국제적십자사 연맹 주최로 베트남 발전기금 조성을 위한 회의가 그해 6월 8일부터 일주일 동안 열렸다. 이 회의에 참석한 대한적십자사는 3만 불의 발전기금과 청소년 우정의 선물 3천 상자미화 2만 불 상당와 재봉틀도 지원하였고, 베트남적십자사 총재를 초청하였다.

베트남적십자사 총재는 베트남 보건복지부장관을 겸직하고 있었다. 장관을 겸직하고 있었음에 방문기간 중 우리나라 안필준 보건복지부장관이 베트남적십자사 총재를 오찬에 초대하여 당시 사무총장이었던 필자가 안내하여 동석하게 되었다. 서로 인사를 나눈 후, 안필준 장관은 월남 전투 시 사망한 국군유해 송환에 적극 협조하여 달라는 부탁을 하였고, 베트남적십자사 총재도 이 문제에 대하여 적극 협력하겠다고 약속하였다. 이로써 오찬 중 군대에 관한 이야기가 나오게 되어, 필자가 안 장관께서는 육사를 졸업한 육군대장 출신이며, 1968년 월남 전투에 참여한 경험이 있으며, 월남의 지형에 대해서도 잘 알고 계신 분이라고 소개를 하였다. 베트남적십자사 총재도 자기소개를 하

베트남 붕타우병원 부상자 장병 위문

면서 본인도 육군 소장으로 제대한 군 출신이라고 하면서 1968년 당시 월맹군 소령으로 여러 지역 전투에 참전하였다고 하자, 안필준 장관도 당시 소령으로 베트남 전투에 참여하였다고 하여 전투 이야기와 자기 측 전투 경험을 말하는 이야기로 이어져 서로 건배하며 즐거운 시간을 보냈다.

적군의 장군들끼리 한 자리에 앉아, 시간이 지난 오늘, 과거의 쓰라린 경험은 다 잊고 자리를 같이하며 즐거운 대화를 나눌 수 있게 된 것이다. 과거의 적군으로 서로 죽이려고 온갖 수단과 방법을 다 동원했던 적군이 아니었던가! 과거의 적이 지금은 친구가 되었다. 그 이후 한국과 베트남 간 정부 차원의 수교가 이루어졌다.

영원한 적은 없다는 것을 실감한 현장이었다.

13

귀인을 만남

"올 때도 아니 되었는데

혹시 왔을 까

그렇게 기다리다가

나 혼자 가슴조이며

먼 하늘을 처다 본다

xxx

반짝이는 남십자성

책상 등불 밑에

그녀가 찾아 왔네!

쳐다보던 별들은

저 멀리 갔으니

기다리던 님

열어서 만나야지!

(1966년 11월)

파월 직전 대학 재학 중이던 아내와 교제를 하게 되었다. 전쟁터로 가면서 살아올지 불구자가 될지를 알 수 없는 처지에 아무런 약속도 할 수 없이 떠났다. 수개월간 많은 사랑의 편지를 보내고, 기다리며 주고 받았다. 첫 편지를 이국에서 받던 날 반가운 심정에서 이런 글을 썼다.

이렇듯 편지를 주고받던 터에 오해가 생겨 몇 달 동안 절교상태가
되었다.

그러던 어느 날 사령관의 부인이 위독하여 곧 운명할 처지라는 서
울 소식에 사령관은 갈 수 없고 전속부관이었던 내가 장례 준비금을
가지고 미군 비행기를 타고 급히 서울로 오게 되었다.

위독하다고 하던 부인은 오는 동안 바로 회복되어 마음의 여유가
있어 고국에 온 김에 그래도 그녀를 한번 만나보고 싶었다. 만나 이야
기를 듣고 보니 서로 오해가 있었음을 알게 되었고, 죽지 않고 돌아올
자신이 생겨 서로 언약하고 귀국하여 결혼하게 되었다.

결혼식은 1968년 10월 12일 기독교 태화관에서 대한예수교장로회
총회장이셨던 이환수 목사님의 주례로 올렸다.

당시 합동참모본부 작전기획국에 근무하고 있던 나는 결혼하고 며
칠 휴가를 얻어 내가 피난 가서 살던 해운대 지역을 둘러보며 지냈다.
휴가도 마치기 전에 울진에 공비가 나타나 전군에 비상이 걸려 한 달
이상 퇴근할 수 없게 되었다. 집사람은 시집이라고 와서 며칠 만에 혼
자 있게 되니 이렇게 지낼 것을 무엇 때문에 결혼하였는가라고 불평

1968년 결혼식

하기도 하였으나 군 조직생활에는 다른 방도가 없었다. 군인 가족들의 애로가 바로 이런 것이라고 하겠다.

교회의 권사와 성가대원으로 주님을 섬기며 살고 있는 아내는 학교에서 30년간 근무하고 1998년 교감으로 퇴직하였다. 퇴직하며 그동안의 공로로 정부로부터 국민포장을 수상하기도 하였다.

모든 일에 긍정적인 사고와 유머감각을 지니어 다른 사람들로부터 호감을 받고 살아가고 있으며 특별히 아이들을 가르치는 데 남다른 교육방법으로 교사생활을 하기도 하였다.

나의 공직생활로 급여도 신통치 않은 터에 평생 교사로 남매를 잘 키워 아들은 대그룹의 중역으로, 딸은 장로님 가정으로 출가하여 잘 살고 있으며 네 손자까지 돌보며 지내는 아내를 늘 고맙게 생각하며 감사의 마음을 여기에 전하고 싶다.

더욱이 홀로 사시며 온갖 고생을 하시면서 대학을 졸업시킨 딸이 일가도 없는 나와 혼인하는 것을 허락해 주셨고 우리 가정의 믿음을 위해 기도해 주셨으며, 우리 아이들을 길러주신 김봉수 권사님께 다시 한 번 감사인사를 드립니다. 하늘나라에서 영복을 누리소서.

14

성지순례

회갑여행

60세가 되던 여름에 부부 동반 여행으로 성지순례를 갔다. 20여 명이 팀이 되었는데 모두가 교인이었고, 교수, 공무원, 군인장성으로 퇴직한 분들로 비슷한 연배였으며 신앙인들이라 성경에 대한 공통 대화를 하는 부담 없이 즐거운 여행이었다. 우리는 김포를 떠나 이집트 카이로에 직항으로 갔으며, 피라미드, 스핑크스, 박물관을 관광했다. 한가지 놀란 것은 5천 년 전에 최신형으로 만들어진 귀금속 장식품들이 가득함에 인류문명의 발상지가 이곳이었구나 하는 생각을 했다.

일행은 국경을 넘어 모세가 건넌 홍해를 지나 십계명을 받은 시내산에 새벽 2시에 낙타를 타고 올라가 아침 햇살을 보았으며, 사해, 요단강을 지나 나사렛 예수님이 사시던 돌로 된 동굴 집을 보고 혼인잔치에 포도주를 만든 가나로 갔다. 그곳 주민들은 지중해 지역에서 이 지역이 포도가 제일 좋아 최고품 포도주가 나온다고 자랑했다. 그곳을 지나 가버나움마을과 갈릴리호숫가에 가서 이곳저곳 예수님 행적을 보았고 예루살렘 골고다언덕을 보고, 예수의 승천장소에 갔었다. 이번 여행에서 내가 예수님의 부활과 승천 그리고 제자들의 믿음과 포교에 생명까지 바치게 된 원인을 알 수 있었고 나로 하여금 예수님을 믿는 데 모든 의심을 떨쳐 버리게 하였다.

예수님 제자 중에 한 사람인 도마는 예수님이 부활한 사실을 믿지

에베소 유적지

않다가 예수님이 찔린 창 자리를 만져 보고 확신을 가졌다고 기록되어 있다. 그리고 예수님은 감람산 언덕에서 가룻 유대를 제외한 11제자가 보는 자리에서 승천하셨다고 한다. 예수님 제자들은 이 현장에서 승천하시는 예수님을 보고 예수님이 하나님의 아들이라는 확신을 가졌으며, 11제자가 다 목숨을 바쳐가며 포교하다가 순교한다. 한 사람이라도 배신한 사람이 있었으면 의심이 생겨나겠으나 현장을 본 대로 제자들이 전파하였기에 오늘의 기독교가 있게 된 것이라 하겠다. 예수님 제자들의 순교한 사실을 전해 오는 내용은 다음과 같다.

〈베드로〉 주후 64 혹 67년A.D.64 혹은 67경 순교. 12사도 중 제1인자. 갈릴리의 어부 요나의 아들로, 본명은 시몬Simon이며 고기잡이를 하다가 예수 그리스도를 만나 베드로반석라는 이름을 얻고 수제자로서 예수님을 따랐다. 소아시아 및 안디옥에서 선교했고. 로마에서 얼마

동안 그리스도교단을 주재主宰하다가, 네로로마황제 치하에서 순교했다고 한다. 특히 순교에 있어서는 다음과 같은 일화가 전해진다. 로마에 큰 박해가 일어나서 모든 성도들이 잡혀 죽임을 당하기도 하고, 잡히기도 했다. 그때 베드로는 다른 성도들의 권면에 따라 로마성에서 도망쳐 나갔다. 그러는 도중에 그는 환상으로 예수님을 만났다. 베드로는 이때 "주여 어디로 가십니까?Quo vadis"하고 물었다. 그러자, 주님은 대답하시기를 "로마로 가서 다시 십자가에 못 박히려 한다."고 하셨다. 베드로는 자신이 두 번 주님을 십자가에 못 박는 줄 알고, 다시 돌아가 거꾸로 십자가에 못 박혀 죽었다는 것이다. 로마가 국교가 된 다음 초대 교황으로 추대되어 시신을 바티칸 성당 지하에 안치하였다.

〈안드레〉 베드로의 형제로, 소아시아, 그리스에서 전도하다가 X 십자가형틀에서 순교했다.

〈야고보〉 베드로, 요한과 함께 예수 그리스도의 측근 3제자 중1인으로 예루살렘에서 전도하다가 헤롯 아그립바왕의 칼에 순교했다.

〈요한〉 신약의 요한복음, 요한 제1, 2, 3서 요한 계시록의 저자로 알려진다. 에베소에서 전도했는데, 도미티아누스Domitianus 로마황제, 재위 91-96의 핍박으로, 끓는 가마에 넣어졌으나 기적적으로 튀어나오게 되어 그를 박해하던 무리가 놀라, 밧모 섬으로 귀양 보냈다고 한다.

〈빌립〉 예수 승천 후, 소아시아의 브루기아에 가서 전도하다가 기둥에 매달려 순교했다.

〈바돌로메=나다나엘〉 인도, 아르메니아에 가서 전도하다가 거꾸로 십자가에 매달려 순교했다고 한다.

〈**도마**〉예수 부활을 믿지 않다가 예수님 상처를 직접 만져 보고 신 앙의 확신을 얻었으며 인도, 중국 지역 등에 가서 전도하다가 인도 에서 창에 맞아 순교했다고 한다.

〈**마태**〉제1복음서의 저자로 에티오피아에 가서 전도하다가, 목 베 임으로 순교했다.

〈**야고보**〉알패오의 아들로 전하는바에 의하면 성전 꼭대기에서 떨 어져 순교했다고 한다.

〈**유다**〉알패오의 아들 소 야고보의 동생으로, 파사에 가서 전도하다 가 활에 맞아 순교했다고 한다.

〈**시몬(셀롯)**〉유다 지역에서 전도하다가 십자가에 못 박혀 순교했다.

〈**유다(가룟 유다)**〉은 30량에 주님을 팔고마 26:47이하, 뒤에 자살했 다. 다른 제자 모두는 갈릴리 출신인데, 그는 유독 가룟 출신이어서 그렇게 부르는 것이다.

15
휴머니즘의 발상지

고희여행

고희가 되어 이태리를 일주하기로 하였다. 인도주의 기관은 스위스 사람 앙리 뒤낭이 이태리 통일전쟁 시 부상자를 돕기로 한 운동에서 창설되었지만 인간의 본성을 강조하고 인문주의를 주창한 고장은 이 태리다. 그것은 로마가 국교를 가톨릭으로 한 후 교황의 세력이 전 유럽을 관장하여 12세기까지 신의 권능을 강조하면서 교권을 확장해 갔으며 이에 대항할 수 있는 세력은 없었다.

우리 부부는 이태리 여행을 북부 밀라노에서 시작하여 남부 나폴리, 소랜토, 봄베이 등 여러 지역을 둘러보았다.

특히 여행에 의미 있었던 지역은 인문주의사상을 처음 주창한 지역인 피렌체였다. 단테가 이곳에서 지옥의 이야기로부터 시작되는 신곡을 썼으며, 사람이 행복하게 살아가게 하는 것은 왕의 권한이며 교황은 영혼 문제를 관장해야 한다고 주장하여 교권에 도전하며 시장으로도 일하였으나 처형되었다.

피렌체는 유명한 레오나르도 다빈치, 라파엘로, 미켈란젤로 등 소위 르네상스 문학의 거장들이 태어난 곳이기도 하다.

한편 이곳에서 태어나 교황청에서 일했던 페트라르카는 라우라라는 여성을 사랑하여 당시만 하더라도 라틴어만 사용하던 시절 이태리어로 그녀와의 사랑 이야기를 담은 서정시를 발표하여 이태리와 유럽

전체에 크게 영향을 미쳤다고 한다.

그는 최초로 인간의 본성을 강조하는 용어로 인도주의Humanism라는 용어를 사용하였다, 이러한 인문주의사상은 예술 분야로 확산되었고 건축에서는 교황청의 바실리카를 기초로 한 로마네스크와 고딕 양식의 건축물들이 만들어졌으며 다빈치의 최후의 만찬, 미켈란젤로의 최후의 심판 등 걸작품들이 등장하게 되었다.

한편 당시에 피렌체 최고의 명문가인 메디치 가문에서 미켈란젤로에게 하나님의 권능에 대한 조각을 의뢰하였는데 작품이 완성되어 보니 다윗이 골리앗 앞에서 다섯 개의 돌을 들고 물팔매질을 하려고 하는 조각이었다. 다윗이 전라로 만들어져서 주문했던 메디치 가문에서 크게 노하여 작품을 창고 변두리에 두었는데 예술가모임에서 그 작품을 보고 조각 안에 온 힘을 다해 던지려는 순간의 모든 힘줄이 일어서있는 것을 보고 상상도 할 수 없는 부분이 표현되었다고 평가하여 걸작이라고 재평가되었다고 한다. 그 명성으로 바티칸의 그림들을 그리는 영광을 얻었다고 했다. 지금 그 조각품은 피렌체 광장에서 제일 잘 보이는 곳에 전시되어 있다. 13세기 인도주의사상의 발상지는 피렌체라고 하겠으며, 인류에게 영원히 잊을 수 없는 명소들이라고 하겠다.

16

오타와 강을 따라

결혼 50주년 여행

나는 11살에 어머니와 헤어져 이산가족이 되었다. 북에서 피난할 때 아버지는 왕진가방 하나만 들고 나왔으나 막일을 해보시기 않으셨던 분이라 당장 하실 일을 구하기가 마땅치 않아 내가 용기를 내서 같이 피난 나온 형들을 따라 생업의 현장에서 잠깐 일했다. 좀 힘들었던 것은 어린 나이에 미군 군화를 닦는 일로 웬 신발이 그리도 큰지 광을 내려면 온 힘을 다해야 했고 상점에서 아르바이트도 하곤 했었다. 주인 아저씨가 억센 부산 사투리로 뭐라고 나에게 지시해도 잘 알아들을 수 없어 야단도 맞곤 했던 시절도 있었다.

이번에 결혼 50주년이 되어 집사람과 여행을 계획하다가 의논 끝에 아이들도 볼 겸 오타와에 살고 있는 딸에게 가기로 했다. 그곳에서 10살 난 손자가 어미에게 어리광을 부리며 철없이 노는 것을 보고 나도 그 나이 시기에는 어머니 곁에서 저렇게 지낼 수 있었을 터인데 헤어져 백발이 다 되도록 생사조차 알 수 없는 처지가 마음이 아팠으며 이 한반도의 비극적인 현실이 더욱 안타까웠다.

딸은 이왕 캐나다에 왔으니 유명한 몬트리올의 바실리카 노트르담 성당Basilica note dame과 2차대전의 연합군 참가회의를 했던 올드 퀘벡시의 페어몬트 르 샤토 프롱트락 호텔을 가 봐야 한다고 하여 외손자와 함께 딸이 운전하는 차를 타고 오타와 강을 따라 두 지역을 갔었다.

바실리카란 교황으로부터 특별한 권한을 받아 일반 성당보다 격이 높은 성당으로 지어진 바실리 양식은 후에 로마네스크 및 고딕 건축의 기초가 되었다고 한다. 바실리 성당은 1830년에 건축된 성당으로 예수님십자가의상 위의 천국에 계신 예수님상과 주변 벽 전체가 예술적 작품으로 그려진 것을 보면서 탄식이 저절로 흘러나왔다. 퀘벡시의 첫 방문지는 외관이 특이하여 도깨비 집이라고 불리는 페어몬트 르 샤토 프롱트락 호텔로 주차장에 주차하고 미로를 따라 로비에 오니 세계 각종 인종이 모여드는 곳이라 마치 인종전시장과 같았으며 그곳이 독일을 패망시킨 노르망디 작전회의를 한 곳이라고 소개 받기도 했다.

원래 캐나다는 마로쿼이 종족이 살고 있던 곳이었는데 1599년 프랑스의 탐험가 몬드가 발견하여 프랑스군이 주인 없는 땅이라며 점령하였다고 한다. 1759년 남부 지역을 점령하고 있던 영국군이 이곳 아브라함 평원에 주둔하고 있던 프랑스군 22연대와의 전투에 승리하여 영국 관할이 되었다고 한다. 그 전투가 얼마나 치열하였던지 양군 사령관 모두 전사하였다고 한다. 캐나다라는 이름은 원주민들이 카나타 점령이라는 뜻라고 부르던 것을 캐나다로 부르게 된 것이라 했다.

퀘벡은 불어와 영어를 공통어로 사용하지만 영어 간판은 없고 프랑스어 간판만 있어 물어물어 다녀야 했다. 이렇게 두 지역이 특성 있게 나뉘어 있자 엘리자베스 여왕은 수도를 양측의 경계선인 오타와로 정했다고 한다.

캐나다에 왔으니 토론토에 사는 고교 동창들이 꼭 만나야 한다고 하여 기차를 5시간 타고 오랜 친구 효증, 연택, 춘웅을 반갑게 만나 즐거운 시간을 보내기도 하였다. 토론토 시내가 특이한 것은 모든 대형

토론토타워

건물 지하를 연결하여 상가와 음식점이 있어 여름에는 시원하고 추운
겨울에는 난방이 되도록 도시계획이 되어 있는 것이었다. 553.33미터
의 CN타워에 올라 피난 와서 외롭게 살던 내가 집사람을 만나 가정을
이루고 50년이나 지내며 두 아이들과 네 명의 손자와 함께 지내온 것
에 대해 하나님께 감사인사를 올렸고, 감격스러워 두 손을 서로 굳게
잡고 힘차게 흔들기도 하였다.

17
톨스토이 생가를 가다

2001년 한러문화협회 이세웅 회장님의 주선으로 서영훈 총재와 함께 러시아적십자사와 외무성 소속 메기모대학을 방문하였다. 이 대학은 전국 고등학교에서 일등을 한 학생만 입학이 가능하며 졸업과 동시에 외교관으로 발령되는 학교라고 했다. 한국어학과도 있었으며 여러 명의 학생도 있었다. 이 학교 출신인 우리 통역은 외교관으로 우리 말을 잘 하기 위해 서울대도 일 년 다녔다고 했다.

이세웅 회장은 예술의 전당 이사장도 맡고 계셨으며 특히 발레에 관심을 많이 갖고 계신 분으로 세계적인 발레극장 모스크바 볼쇼이극장 수리를 사재로 지원하시기도 하시어 우리 일행의 방문기간 중 가는 데마다 융숭한 대접을 받기도 했다.

방문기간 중 서영훈 총재님은 당신이 가장 존경하는 사람이 톨스토이인데 생가를 보고 싶다고 하시어 5시간 차를 타고 톨스토이 생가 야스나야 폴랴나에 갔다.

정문에 들어서자 왼쪽에 큰 연못이 있었고 약 200미터 안쪽에 큰 건물 하나와 오른쪽에 톨스토이가 거주했다는 작은 집이 있었다. 현관을 지나 거실, 식당, 그리고 침실에 침대 2개가 있었으며 글을 쓴다는 방에는 책상과 침대 하나가 있었다. 집 구경을 마치고 때때로 말을 타거나 걸어서 산책했다는 정원을 우리도 걸었는데 큰 나무들이 잔뜩 들어선 커다란 정원이었으며 우리도 한 시간 정도 산책했다. 톨스토이

묘는 나무 관을 눕혀 놓은 것 같은 모양으로 위와 옆이 잔디로 덮여 좀 특이하였다.

러시아 3대 문호인 톨스토이는 1828년 이 집에서 4남으로 태어났으며 일찍 부모를 잃고 고모를 후견인으로 하여 성장했다. 카잔대학을 다니다가 중퇴하고 고향으로 돌아와 농사일을 했다. 23세에 형을 따라 장교로 입대하여 체첸 전투에도 참전하였으며 근무 중 24세에 처녀작 "유년 시대"를 발표하여 문학성을 인정받았다. 5년 후 제대하여 러시아 농민의 현실에 눈을 뜬 그는 농민계몽을 위해 야스나야 폴랴나에 학교를 세우고 농노해방운동에 참여하였다. 34세에 18세인 소피야와 결혼하였고 그녀는 원고 정리와 작품 제작에 보조자로 일을 돕기도 했다.

41세에 "전쟁과 평화"를, 42세에 "안나 카레리나"를 쓰면서 삶의 목적에 대한 끝없는 탐구를 위해 과학과 철학 분야를 탐독하며 해답을 찾고자 노력했다. 그러나 학문으로는 찾지 못하게 되자 51세에 자살까지 생각하다가 "고백록"을 썼고, 인생을 어떻게 살아야 하는지를 나름대로 깨닫게 되었다. 그리고 그리스도에 복귀하여 자비와 진리 탐구생활에 힘써 채식, 금주, 금연생활을 했으며 출판사를 만들어 글을 쓰면서 복음서신약성경의 마태복음의 진리를 쉽게 이해할 수 있도록 책들을 출간했다.

그가 인생에서 의미 있게 생각하여 한결같이 추구해온 비폭력의 평화사상은 마하드마 간디와의 교신으로 "진리의 힘"이라는 간디의 비폭력운동에도 영향을 미쳤다고 한다. 71세에 "부활"을 썼으며 80세에 세계적인 명성을 얻었으나 이상주의자인 그와 현실주의자인 부인은 의견 충돌이 잦았으며, 그의 모든 저작권을 자기 편을 들어준 딸 알렉산드라에게 주었다. 1910년 10월 27일 자신의 서류를 뒤적이는 부인의 행동에 가출하여 이동 중 폐렴으로 11월 7일에 아스타프브 간이역장 집에서 사망하였다. 한때 방황했던 시절과 인생의 바른 의미를 찾으려는 끝없는 그의 노력들이 그가 위대한 작품을 남길 수 있는 삶을 살았다고 하겠다.

러시아 정태익 대사, 서영훈 총재, 이세웅 이사장 공관에서

18
햄버거

1980년 여름 나는 국제수혈학회에 참가하는 기회에 미국의 워싱턴 혈액원과 뉴욕의 브르킹스 혈장연구소를 방문했다. 대리석으로 잘 지워진 워싱턴혈액원의 건물은 어느 여성이 유산으로 기증한 건물이라 했다. 한 가지 놀란 것은 혈장연구소에서는 혈장 확보를 위해 아프리카 라이베리아에 연구소 분원을 운영하고 있다고 한 것이다. 그 말을 듣고 여기서 우리가 혈장을 수입하면 아프리카 사람들의 유전인자가 전파되는 것이 아닌지 의심이 가서 물었더니 문제 되지는 않는다고 했다. 그러나 내 생각에는 혹시 하는 생각을 떨쳐 버릴 수가 없었다.

그곳에 갔던 길에 1970년도에 미국으로 이민 가서 뉴욕 맨하탄 무역센터 부근에서 햄버거 식당을 하고 있는 친구 유진을 방문하였다. 김유진은 고향 친구로 초등학교 동창이기도하며 피난생활 중에도 함께 지낸 평생 친구이다. 고려대 총학생회장도 했으며, 국회의원도 역임한 바 있으며, 미국 가기 전에 여행사 중역으로 일하다가 이민을 가면서 나 보고도 함께 가자고 했던 가까운 친구이다.

내가 햄버거 가게에 들어서는 순간 나를 놀라게 한 것은 유진이가 계산대에 있고 10여 명의 미국 사람들이 노란 모자를 쓰고 이리저리 서비스를 하고 있는 모습이었다. 그동안 살아오면서 미국 사람은 지휘하는 자리에 있고 한국 사람은 그 밑에서 종업원으로 일하던 것만 보아온 터에 아무리 미국 땅이라지만 이렇게 바뀐 장면을 처음 보았기에 이런 일도 있구나 하는 생각이 들었다. 그런가 하면 꽤나 넓은 공간에 손님이 꽉 차 있었으며 밖에도 줄을 서서 차례를 기다리는 손님들도 많아 사업이 잘 되고 있었다. 햄버거는 미국인들이 만들어낸 식품으로 독일의 함부르크와 관련된 것으로 알고 있다. 그러나 그 뿌리는 아세아 대초원에 살았던 유목민 타타르족이라고 한다. 그들은 말고기를 적당히 잘라서 말안장 밑에 깔고 다니다가 부드럽게 한 다음 양파즙과 소금, 후추를 쳐서 날로 먹었다고 한다.

징기스칸이 유럽을 침공할 때 이 지역에 타타르 스테이크가 알려졌는데 함부르크의 한 상인이 먹기 좋게 익힌 것을 함부르크 스테이크로 불러 식당을 운영하였다고 한다. 이동활동을 많이 하는 미국인들이 이를 다니면서 먹을 수 있는 식품으로 적당히 요리하여 즐겨 먹게 되면서 이제는 세계적으로 알려진 식품이 되었다.

한편 우리나라 육회가 타타르 스테이크 조리법과 같다는 것이 국제 발효 심포지엄에서 발표된 바도 있다고 한다. 최근에는 한국 젊은이들 사회에서도 햄버거는 인기 있는 식품 중의 하나이기도 하다.

19
중국인의 꾀

1992년 한국과 중국이 수교하기 3년 전 중국에 갔다, 당시 나는 기획국장으로 정일영 혈액국장과 함께 연변 혈액원 신축자금 지원을 위해 가게 되었다. 연변은 중국 내 조선족자치지역으로 혈액원을 대한적십자사에서 지어 주기로 결정이 되어 수교전이라 현찰을 가지고 직접 가게 되었다.

당시 연변적십자사와 대한적십자사가 자매결연을 맺고 1980년대 초부터 그곳 교포들의 한국 방문을 시키고 있던 터라 중국과 왕래하는 절차는 홍콩을 통해서 하도록 통로가 되어 있었다. 우리는 홍콩에서 비자를 받아 상해를 거쳐 북경에서 숙박하고 다시 그곳에서 항공편으로 장춘에 갔으며 기차로 연길을 가야 했다. 당시만 하더라도 외국인은 북경 시내를 마음대로 다닐 수 없었다. 길림성 부성장과 연길시장이 초대하는 자리도 마련되었으며 당시만 하더라도 두 사람 모두가 조선족이었다.

당시에는 숙소도 백산호텔 하나만 있었으며 시골 촌락 같았는데 내가 2010년에 여행을 갔더니 호텔도 많아졌고 시내가 현대화된 도시로 완전히 탈바꿈한 것을 보았다. 중국은 일찍 한국과 그 지역이 교류할 수 있게 하여 연길을 발전시켰고, 그곳을 중국의 발전 모델로 하였다고 한다.

중국이라는 나라는 옛날부터 자체 이익을 위해서는 어떤 일이든

해내는 꾀를 가지고 있는 나라라고 한다.

　영국과 프랑스 등의 나라가 18세기 중국대륙에 진출하고자 했을 때 당대의 유명한 정치가 이홍장은 조계租界라는 치외법권治外法權 지역을 만들어 공장도 짓고 철도도 놓고 산업을 끌어들였다. 당장은 열국에 양보하는 것 같았으나 나중에는 중국 것이 된다는 전략이었던 것이다.

　최근에는 한국 기업들을 적극 유치하더니 자체 기술이 측적되자 이러저러한 조건들을 만들어 중국에 귀속시키고 있어 한국 기업들이 어려움을 겪고 있다고 한다.

　중국은 이를 이홍장 전략이라고 한다. 그는 소년시절 부잣집 사환으로 일하고 있을 때 부잣집에 도둑떼가 쳐들어오자 두목 앞에 나가 "저는 이 시대의 최고 두목 ○○○께서 여러분이 오면 보물창고를 알아두었다 안내하라는 밀명을 받고 이 집에서 일하고 있는데 여러분들이 오시기를 기다렸습니다."라고 하면서 그들을 지하 보물창고로 안내했다. 지하 창고에서 그들이 보물을 챙기는 동안 그는 나와서 창고 문을 잠그고 경찰을 불러 일망타진했다는 일화가 있다.

　그것이 지금 중국 전략임을 알아서 경계를 늦추지 말고 주의를 기울여야 되지 않을까 생각된다.

　더욱이 지금 남북 간, 북미 간에 새로운 관계가 설정되어 가고 있는 이 시점에서 중국 전략을 잘 살펴보아야 할 것이다.

제2부

평생 한 번 쓴 편지

· · · · ·

Only once a Letter

01

나의 아버지

우리 가계家系는 경주 이씨 40세손世孫인 이윤장李潤張님을 중시조中始祖로 하여 시작된다.

신라 경순왕의 외손자인 이윤장님은 백조白鳥: 현재 평창 부원군을 맡아 평창 이씨平昌李氏로 성씨姓氏를 하사 받아 우리 가계의 중시조가 되었다.

중시조의 선영은 현재 강원도 평창군 읍내 부근에 있으며 문중에서 매년 시제를 지내고 있다.

18세손인 이영계李永桂님이 함경도 현재 영흥 부근을 관장하는 부사와 종성부사로 17세기 초이조 인조시절 부임하여 그 후손들이 함경남도 북청, 덕성 지역에서 생활하게 되었다.

나의 아버님은 34세손으로 이자 철자 모자 모자李哲模로 임인壬寅년1901 삼월 십오일 유시酉時에 출생하셨다.

5살부터 8살까지 서당書堂에서 숙식을 하며 공부하셨고 9세에 소학교에 입학하여 5년간을 수업을 마치고 졸업한 후 14세부터 아버님을 따라 논밭에 나가 일하시었다. 그러나 농사로는 가족을 부양하기가 어렵겠다고 생각하여 16세에 장사를 하던 중, 1910년대 우리나라는 양약이라는 것을 모르던 시절이었지만 신약장사로 전환하여 일어와 약에 대한 실력을 쌓아 일본에 건너가 막노동과 고학을 하시며 약학원과 물리치료학원에서 수학하고 귀국하여 조선총독부로부터 약종상 면허를 얻어 신약국을 하면서 생활 기반을 쌓았다. 이어서 지역사회에서만 의술을 할 수 있는 한지 의사면허를 취득하여 재산을 모아 고향에 많은 농토를 확보하고 귀향했다.

해방이 되자 소작을 주었던 땅은 토지개혁으로 내주게 되어 모두를 내주기가 아쉬워서 직접 농사를 하겠다고 하여 3천 평을 분배받아 농사도 짓고, 의원을 하던 중 한국전쟁으로 가족을 북에 두고 11살인 아들만 데리고 남쪽에서 피난생활을 하였다.

아버지께서는 할머님께서 반대하시는 결혼을 하여 어머니를 생전에 며느리로 인정하지 않아 마음고생을 하며 어렵게 지내시다가 할머님께서 소천하신 후 겨우 4년여 단란하게 생활을 하던 중 가족과 헤어지게 되어 늘 어머니에게 미안한 마음을 가지고 계셨다.

피난지 부산에서 서울로 이사하여 의원을 하시며 개척교회 장로로 봉직하셨으며, 자나 깨나 북에 두고 온 가족 만나기를 위해 매일매일

이철모 장로 장립식(1956.5.21.)

새벽마다 교회에서 눈물로 기도를 하셨으며 하루에도 찬송가 222장을 눈물을 흘리시며 수없이 부르시곤 하셨다.

> 1절 – 우리 다시 만날 때까지 하나님이 함께 계셔 훈계로써 인도하며 도와주시기를 바라네
>
> 2절 – 간 데마다 보호하며 양식 주시기를 바라네
>
> 3절 – 위태한 일 면케 하고 품어 주시기를 바라네
>
> 4절 – 사망권세 이기도록 지켜 주시기를 바라네
>
> 후렴 – 다시 만날 때 다시 만날 때 예수 앞에 만날 때 다시 만날 때 다시 만날 때 그때까지 계심 바라네

진료를 하시면서도 "언제 고향 가지?" 하시며 때때로 눈물을 흘리셨다. 주변에서 재혼을 권고해도 거절하시며 남달리 가족을 그리시더니 병을 얻어 1959년 봄 58세에 그렇게 그리던 가족을 못 만나시고 하나님 앞으로 가셨다.

02
어머님께 편지를

나의 어머님은 진주 강姜 씨로 보寶자 배培자의 이름을 가지신 분이시다. 1950년 12월 하루 정도 떨어져 있기로 한 것이 평생을 어머니와 함께 살지 못하고 52년간 소식조차 알지 못하고 살았다.

어머니는 아버지와 사랑하는 사이로 결혼하였으나, 결혼을 반대하신 할머니께서 며느리로 인정하지 않아 오랫동안 심적 고통이 크셨다.

나의 할머님은 전주 이씨 양반 댁에서 시집 오신 분으로 대단한 미인이셨다. 거리에 나가시면 다시 한 번 쳐다보는 사람들이 많았다. 용모뿐만 아니라 늘 깨끗하게 차려입으셨고 품위 있게 다니셨다.

할머니는 며느리를 못마땅하게 생각해 미워하시어 때때로 집을 나가라고 하면 어머니는 뒷마당에서 저녁 늦게까지 우시며 지내시다가 할머님께서 방문을 닫은 후에야 우리들이 함께 울다가 들어가자고 졸라 들어오시곤 하셨다. 할머니는 미운 며느리 자식이라고 우리도 손자로 인정하지 않으셨다.

어려서 창문으로 호랑이 할머니 방을 엿보면 흰옷에 머리에 흰 띠를 두르시고 늘 바른 자세로 앉아 계셨으며 앞에 두신 작은 탁자에 책과 성경책을 두고 보고 계셨다. 요즈음 영화에 나오는 공주님 같으셨으며 돌아가신 날 아버지께서 우리 보고 절하라고 하시어 처음으로 인사드리기도 했다.

어머니의 눈물은 할머님이 하늘나라에 가시고 그치는 줄 알았는데 1950년 12월부터 아버지와 헤어져 평생 혼자서 아이들을 키우며 고생하시면서 사셨다.

나는 피난지에서 어른들 틈에 끼어 며칠은 그런대로 지냈는데 어머니를 만날 수 없게 되자 저녁마다 울며 어머니를 찾았다. 피난지에서 어른들이 내가 어머니 이야기만 하면 우는 것을 보고 때때로 내 앞에서 어머니 이야기를 해 놀려대며 연극 보듯 했다.

세월이 흘러 어머니 생각은 점점 멀어져 그런대로 살아가고 있다. 어머니는 좀 크신 분이셨고 둥근 얼굴을 가지신 분으로 기억되었으나 이목구비는 분명하게 떠오르지 않는다. 그리고 나를 어떻게 키우셨는지 기억에 남는 것이 없어 안타깝다.

다만 몇 가지 기억나는 것은 내가 5살 정도에 아이들과 강가에 나가서 놀다가 벌집을 건드리어 벌에 쏘여 온몸이 붓고 두드러기가 나서 집에 왔을 때 꿀인지 약인지를 온몸에 발라 주신 일, 초등학교 입학식 날 아버지, 어머니와 함께 학교에 갔던 일, 교회에 나를 데리고 가셨던 일, 이런 일들이 생각나지만 어머니의 손이 크신지 작으신지 알 길 없이 한평생을 살고 있다.

나는 잠이 오지 않는 밤이면 이런 지난날들의 일과 어머니를 생각하며 수많은 밤을 남몰래 훌쩍거리며 살아왔다.

1971년부터 30년 넘게 북측 사람들과 만나 회담에 참여하면서도 고향이 북측이라는 이야기를 하지 않고 경기도 안성이라고만 하고 지냈다. 공적 일을 했기 때문에 개인적인 사정은 이야기하지 않았던 것이다.

그러다 남북관계 일 등 공적 일을 떠나 민간 차원의 일을 하던 2000년 9월에 관광회사사장단 팀에 끼어 백두산에 갔다가 북경회담 때 북측 대표로 참여했던 김용성에게 나의 고향이 북청이고 우리 어머님은 85세 즈음 되셨을 터인데 제삿날이라도 알아 달라고 하였다. 북의 요원들은 내가 북에서 왔다는 것에 크게 놀라는 표정이었으며 그 뒤 바로 어머님이 살아 계시다는 소식을 전해 왔다.

2001년 내가 총재특보로 다시 이산가족 문제를 맡게 되어 금강산 상봉행사에 다니게 되었는데 2002년 9월 행사에 북의 백문길이 나에게 이번에 어머님을 모시고 왔다고 하였다.

그러나 이 땅에 수많은 이산가족들이 있어 가족의 생사라도 알려달라고 수시로 찾아오는 분들과 나와 친분이 있어 비공식으로 북의 가족사항을 알 수 없겠는가라고 부탁해 오는 분들이 많은데 그 많은 분들이 남북 간 일하고 있는 사람들은 비공식으로 만날 수 있구나 하는 생각을 갖게 되면 기관에 엄청난 부담을 안기게 될 것이므로 공적 일을 책임지고 있는 나로서는 사적인 일을 앞세울 수 없어 어쩔 수 없이 어머님이 계신 장소로 가지 못했다.

북측에서는 만찬 장소에 어머니를 모셔 왔고 좀 떨어진 곳에 자리를 마련해 주어 멀리서 바라볼 수밖에 없었다. 어머니를 52년 만인 내 나이 62세가 되어 거리를 두고 뵈었을 때 어머니는 87세가 되셨고 얼굴은 많은 고생을 하시어 얼굴에 주름이 지셨으며 커 보이시던 어머님은 키도 줄어드신 것을 보고 말할 수 없이 마음이 아팠다.

북에서는 정덕기 대표가 어머니를 모시고 다니셨으며, 나는 함께 일하는 김성근 과장을 통하여 눈물로 쓴 편지를 전하고 약간의 선물을 보내 드렸다.

그나마 다행했던 것은 "죽은 줄로 알고 50여 년간 제사를 지내온 아들이 살아 있다는 것에 위로가 되며 공인으로 그럴 수밖에 없다는 것을 이해한다."고 하신 어머님의 따뜻한 전언의 말씀을 들은 것이다.

말 한마디 못하고 금강산에서 헤어지던 날 눈물바다인 많은 사람들 틈에서 나를 쳐다보고 계시던 어머니. 나는 어머니를 한 번 쳐다보고 하늘을 한 번 쳐다보며 떠나야 했던 일을 생각하면 지금도 가슴이 메어 눈물이 솟구친다. 어머니께서도 수십 년을 남편과 아들을 못 보고 사시면서 얼마나 많은 눈물을 남 몰래 흘리시며 사셨을까! 이제 100세가 넘으시어 이 세상에서는 뵙기 어려울 처지임을 생각할 때 미안한 마음과 한없이 슬픈 마음을 억누르며 살아가고 있다.

어머니와 누나 사진

03
평생 단 한 번 어머니께 올린 편지

이 편지는 한국전쟁으로 11살에 헤어진 어머님을 52년 만에 금강산 한 지역에서 만났지만, 지척에 두고도 만날 수 없는 처지에서 어머님께 드리기 위하여 평생 단 한 번 쓸 수밖에 없었던 눈물로 쓴 편지입니다.

〈어머님 상서〉
꿈에도 잊지 못하고 보고 싶었던 어머니!
지금껏 살아오시는 동안 얼마나 고생이 많으셨습니까?
평생 한 번만이라도 보고 싶었는데, 그리고 어머니를 생각할 때마다 몰래몰래 많이 울기도 하였습니다.
이번에 북측 당국에 계신 분들의 배려로 이렇게 소식을 듣게 되니 너무나 반갑습니다.
먼 길을 모시고 온 북측 여러분들에게도 감사한 마음을 전해 주세요.
자세한 이야기는 저와 같이 있는 동료로부터 들으시고요, 지난날 저도 남쪽에 와서 많은 노력으로 지금은 여러 면에서 걱정 없이 살고 있습니다. 교회에도 다니고 있습니다. 그래서 어머님과 북에 있는 가족들을 위하여 자주 기도합니다.
아버님께서는 지난날 어머님과 결혼한 후에 까다롭고 어려운 시어머니할머니 밑에서 고생하시다가 겨우 편하게 지내실 만하다고 생각

88세의 어머니 사진

하며 지내던 터에 전쟁으로 헤어지게 되었다고 하시면서 남으로 올 때에 마전에서 돌아가신다고 하였으나 이미 전선싸우는 지점이 막혀 못 가셨고 평생 어머님만 생각하시다가 1959년 5월에 세상을 떠나셨습니다.

아버지는 남쪽에 오시어 교회에서 장로로 봉사하시었으며 북에 두고 온 가족을 위하여 매일 눈물로 새벽 기도를 다니기도 하셨습니다.

저는 그 후에 혼자서 대학을 졸업하고 국가시험을 거쳐 장교로, 국가 공무원으로, 어려운 사람들을 돕는 적십자 일꾼으로 평생 지내고 있습니다. 또한 지금은 대학교수로도 일하고 있습니다. 평생 지내면서 '김시완 장로님사거리 혜자 아버지'의 기도와 도움을 많이 받았습니다.

지금 저는 남쪽에서 북을 돕고 서로 화해협력하며 이산가족들을 만나게 해 주어야 하는 자리에서 책임을 맡고 있습니다. 남과 북에서 서로 만나고 생사주소를 확인해 주어야 할 사람들이 백만 명이 넘는다고 합니다.

그런데 아직까지 그 일이 그리 쉽지 않습니다. 매일매일 많은 사람들이 찾아와서 하소연합니다.

어머니! 보고 싶은 어머니, 제가 죽었는지 살았는지 늘 걱정하시며 사신 줄 압니다.

어머님의 소식을 전하여 들을 수밖에 없는 저의 처지를 이해하여 주세요. 많은 사람들을 만나게 해 주어야 할 자리에 있는 제가 내 가족만 먼저 만났다고 하면 그분들의 마음에 더 큰 상처를 줄 것 같아서 꿈에도 보고 싶은 어머님이시지만 눈물을 머금고 뵙지 못합니다.

어머님에게는 불효자요, 인륜상 그럴 수는 없는 일인 줄 압니다마는 수많은 이산가족들에게 상처를 줄 수 없어 이럴 수밖에 없는 저를 이해해 주시고 용서하여 주십시오.

이 순간에도 어머니에게 가고 싶습니다. 눈물만 흘릴 뿐입니다. 이 결정도 제가 하는 것인데 저의 심정 이해하여 주실 줄 믿습니다.

하루빨리 통일이 되어 이런 비극이 이 땅에서 사라져야 할 것입니다. 통일을 위하여 어머님도 오래오래 사셔야 합니다.

자세한 소식은 전하여 주세요. 늘 건강하시고 북에 있는 모든 가족들 위에 하나님의 크신 축복이 함께하시기를 기도합니다.

2002년 9월 추석을 앞두고

불효자 이병웅 올림

〈어머님께서 나에게 보내 주신 편지〉

아들 병웅아 우리는 못보고 가는대 섭섭해 하지 말고

마음노구가거라 우리도 니 사정을 알기래서 섭섭해 안니하고 도라

가개스니. 한가지부탁이다 장군님 이를 잘 도와서

이곳 어머니를 잘 이해 달라는것 마지마으로 통일을 이해서 더 조운

이를 마니하여 달라고 어머니 간절한 부탁이다.

어머니부탁이다 아들 병웅에게 보낸다

04
어머니와 대화

아래는 아들이 어머니와 한 지역에 있으면서도 만나지 못하고 함께 일하는 김성근적십자국제남북교류국장을 통하여 소식을 전해 들은 이야기 이다.

어머니 : 죽은 줄 알고 있었던 아들 소식을 듣다니, 오래 산 덕분에 소식을 듣게 되어 기쁘다.

김국장 : 어머님의 연세는 몇이시며 건강은 어떠하신지요?

어머니 : 금년에 87세이며 건강한 편으로 아직까지 안경 안 쓰고 글을 읽을 수 있으며 틀니를 했고 요즈음은 검은 머리가 나고 있다. 저녁에 반주로 소주 두어 잔씩 한다.

김국장 : 사시는 곳은 어디신가요?

어머니 : 엄동리에서 60세가 될 때까지 농사하며 살다가 1975년에 덕성읍 131반 아들집으로 이사하여 지금 같이 살고 있다. 병수가 북청군 원예대학 농기계과를 졸업하고 다음 해에 덕성읍 군협동농장경영위원회에 배치되었고, 1980년부터 자동차사업소 지배인으로 일하고 있으며 아들 내외와 손자 3명, 증손 1명과 함께 살고 있다. 병수는 학생시절 아코디언을 잘 하여 선전대활동을 하였고 사는 집은 150평방 정도로 7식구가 잘 살고 있다.

김국장 : 교회는요?

어머니 : 해방 전에는 다녔으나 지금은 믿지 않으며 장군님 덕에 잘 지내고 있다.

김국장 : 그동안 생활은 어떠했나요? 그리고 다른 자녀들은요?

어머니 : 전후에 어린 아이들을 키우며 농사짓고 살기가 매우 어려 웠으나 1958년 협동농장 제도가 되어 먹고 사는 문제가 해 결되었다. 딸 두 명은 다 신창으로 시집가서 살고 있으며 효선이는 아들 3명, 딸 2명 그리고 손자 8명이 있고, 춘선이 는 아들 2명, 딸 3명, 손자 5명이 있다.

김국장 : 아들 소식을 들으시고 소감은?

어머니 : 동난 중 영하 20도가 되는 추운 날씨에 남편과 아들이 여러 사람들과 함께 집을 떠났다. 다른 사람들은 돌아오는데도 남편과 아들은 집에 오시 않아 피난 다니다가 죽은 줄로 알 고 집 떠난 지 3년 후부터 제사를 지냈다. 전쟁 때 밭에 일 하러 갔더니 죽은 사람이 있었다. 많은 사람들의 반대에도 나는 그를 그 자리에 묻어 주었다. 집 떠난 부자가 그렇게 되었을 것으로 생각하며 살았다. 죽은 사람을 잘 묻어 주며 베풀었더니 이렇게 아들소식을 듣게 되어 좋은 날을 보게 된 것 같다.

김국장 : 혜자 어머니는 어떻게 지내시는지요?

어머니 : 혜자 어머니는 5년 전에 돌아가셨다. 나와 같은 처지로 고 생도 많이 했다. 혜자는 원산에 시집가서 살고 명구는 북청 기계대학을 졸업하고 방직공장에서 일하고 있으며 아들 둘 이 있는데 큰아이는 의과대학에 다니고 있다.

김성근 국장과 어머니

어머니 : 아버지는 재혼하시지 않으셨는가? 이복동생이라도 없는가?
아버지 무덤은?

김국장 : 재혼하지 않으셨고 이복동생도 없으며 산소는 북측이 바라
보이는 서울 망우리 높은 곳에 모셨다고 합니다.

현재 가족으로는 부인, 아들 내외, 딸과 사위, 손녀가 있습
니다.

어머니 : 혼자서 고생이 많았겠다. 나는 여자중학교 시절에 수학여
행을 서울로 가서 남산에 갔었는데 돌로 만든 동물 입에서
물을 뿜는 것을 본 기억이 난다.

할머니 묘소 앞 과수원에서 딴 사과를 보낸다.

그리고 아들, 며느리에게도 인사를 전해주기 바란다.

05

새옹지마

아버님께서 나에게 하신 말씀의 대부분은 성경말씀이었지만, 고사성어故事成語에서 세상일은 변화무쌍하여 새옹지마塞翁之馬 같으나 결국에는 모든 일은 바르게 처리된다고 했다 하시면서 사필귀정事必歸正 이라는 숙어를 가끔씩 쓰시곤 하셨다. 아버님께서는 살아가면서 편법을 쓰지 말고 바르게 살아가라는 말씀으로 하셨는데 새옹지마의 뜻을 새겨보면 다음과 같다.

한 노인이 가지고 있던 말에 얽힌 이야기에서 나온 것으로, 인간만사의 길흉화복吉凶禍福은 변화무쌍하며 예측할 수가 없다는 말이다.

옛날 중국 북방 국경 부근에 점술이 능한 한 노인이 말을 키우고 살았다. 어느 날 기르던 말이 달아나 버리자 마을 사람들이 위로하였다.

그랬더니 노인은 하나도 걱정하지 않고 "전화위복轉禍爲福이라는 말이 있지 않습니까, 걱정할 필요가 없습니다." 하고 담담해했다. 그런데 그 말이 다른 말 한 마리를 데리고 왔다. 마을 사람들이 축하하자 "이게 무슨 화근이 될지 모르지요." 하며 옹은 조금도 반기는 기색이 없었다.

그런데 말 타기를 좋아하던 아들이 그 말을 타다가 낙마하여 불구의 몸이 되었다. 마을 사람들이 위로하자 "아닙니다. 이게 또 어떤 다행한 일이 될지 모르지요." 하며 옹은 태평했다. 그 후 일 년이 지나 호인들이 쳐들어와서 마을 젊은이들 모두는 군에 징집되어 싸우다 모두 전사했는데 노인의 아들만 불구로 군에 안 가서 무사했다. 세상사란 변화무쌍하므로 초초해 할 필요가 없다는 것이다.

아버님은 그러므로 초조해 하거나 서두르면 실패할 수도 있으니 차분하게 일해 나가면 반드시 바른 방향으로 처리된다고 하셨으며, 신앙심이 깊으셨던 아버님께서는 "예수님께서 이르시되 내가 곧 길이요, 진리요, 생명이니 나로 말미암지 않고는 아버지께로 올 자가 없느니라."라는 요한복음 14장 6절의 성구를 나에게 자주 말씀하시곤 하셨다.

06
평창과의 인연

나는 1940년 일제강점기 우리나라 모든 사람은 창씨개명을 해야한다고 했던 해에 태어났다. 그래서 내 이름은 히라가나 요시오平昌義雄라고 불렸다.

나는 왜 성이 이씨인데 평창이라고 했을까? 평창이라는 곳이 어디에 있는 곳일까? 자라면서 궁금하기도 했다. 성장하여 그곳이 우리 중시조 본향이라는 것을 알고 중시조 시제를 지낸다고 하여 평창을 가보았다.

중시조 비석내용에 '경주 이씨로서 신라 경순왕의 딸과 혼인하였는데 고려 건국에 공을 세워 평창 지역을 관리하는 직책을 맞아 평창 이씨 성씨를 하사 받았고, 그곳에서 지내시다 안치되었다'고 기록되어 있었다. 그날은 여러 지역에서 모여오신 많은 분들로 누가 누군지는 모르겠으나 항렬별로 서라고 해서 가운데 이름자 '병' 자를 가진 서울대 교수라는 분 옆에 섰고 그 줄에 여러 명도 함께 섰다. 이런 시제라는 것은 평생 처음 보는 광경이었다. 푸른색 옷을 입고 옷감 같은 것으로 만든 장화를 신은 분이 높은 곳에 있는 묘 앞에서 '배례'하여 들판에 엎드려 인사를 올리기도 했다. 거기에 온 사람들은 서로 알지 못하나 식후 한 잔 하면서 친교를 가지기도 했다. 이런 인연으로 평창이라는 곳에 관심과 애착을 갖게 되었으며 동계 올림픽 후보지로 이야기될 때마다 더욱 관심이 커졌다.

올림픽에서 많은 사람들을 감동시키고 있는 것은 성화경주이다. 도시와 도시를 돌면서 많은 사람들을 즐겁게 해 주고 있다. 이번 올림픽 기간에도 전국을 돌며 마을마다 흥겨운 행사를 하면서 평창까지 왔다. 이 성화는 초기 올림픽경기를 할 때에는 없었다고 한다.

최초로 성화가 등장한 것은 1936년 손기정 선수가 금메달을 탄 베를린 대회였다고 한다. 히틀러 나치즘의 선전을 위해 이 성화를 12일 간 불가리아, 유고슬라비아, 항가리, 오스트리아를 거쳐 베를린까지 왔으며 3,000여 명이 들고 달렸다고 한다. 그 뒤로 올림픽대회마다 이어졌으며 이번에 우리나라에서도 그리스에서 받아 제주도에서부터 전국을 일주하고 평창봉화대에 점화되었다. 그 순간 전 세계 방송에서 평창! 평창! 하면서 중계방송이 되어 세계적인 도시가 되었다. 시골 촌도시가 유명한 도시가 된 것이다. 그런가 하면 이번 동계 올림픽은 남북 간, 북미 간 정상회담을 하는 계기가 되었다고 하여 평화올림픽

병수, 영철, 학철

이라 불리어지게 되었다. 평창이라는 이름은 역사적으로도 남지 않을까 싶다.

　한편 우리나라 고유의 춤인 강강술래는 두 번의 올림픽에서 화합을 이르는 춤의 상징으로 빛났다고 하겠다. 한국의 춤은 주로 손을 흔들며 추는 데 반해 서양 춤은 발을 구르며 동적으로 춤을 춘다. 손춤은 무舞라 하고 왈츠, 탱고, 고고, 디스코 등 발춤은 용踊이라고 한다. 그런데 한국 춤 중에 유일하게 강강술래는 용이라고 한다. 이 춤의 뜻으로는 '강강'은 '감다, 감싸다'에서 나온 '둥글게 둥글게' 라는 뜻이요, '술래'는 '수레車'로 역시 둥글게 돌아간다는 뜻이라고 한다.

　우리 올림픽을 통해 동서양이 둥글게 둘러서서 화합하며 흥겹게 지냈던 이 평화의 제전이 앞으로도 인류평화에 크게 기여하기를 바란다.

제3부
남북대화의 현장 이야기

Only once a Letter

01
남북대화업무에 참여하며

8년여 간의 군복무 후 제대를 앞두고 나는 어렵다는 공무원시험을 준비하여 국가기관인 국가정보원 공채시험에 합격하였다. 처음에는 인사과 보임담당으로 일했고, 자리를 옮겨 심리전국 안보팀 기획관으로 근무하던 중에 처음 시작하게 된 남북관계 업무를 우리 국의 정홍진 부국장님이 책임을 맡게 되어 그 일에 나도 1971년 8월부터 참여하게 되었다.

당시 한국전쟁 이후 남북 간에 아무런 접촉이 없던 시절, 1971년 8월 12일 이산가족을 찾아 주자는 제의를 대한적십자사 최두선 총재께서 KBS 방송으로 제의하였고, 이틀 후 평양방송으로 북측이 수락하여 남북 간 적십자회담이 시작되었다.

그 당시의 한반도 정세는 1969년도를 전후하여 남북 간에 긴장이 증대되고, 중·미 간에는 화해의 분위기로 전환된다. 북은 1960년대 후반부터 군사력을 강화하고 대남 무력 공작을 위한 행위가 강화되어 북측의 무장군인들이 1968년 1월 청와대를 기습하고 동년 10월 말에는 30여 명의 무장군인들을 울진, 삼척 지구에 침투시켜 남측을 교란하였으며, 그해 1월에는 미국의 '푸에블로'호가 나포되는가 하면 E4 정찰기가 추락 당하는 사건들이 발생하여 남북은 초긴장 상태였다. 또한 1970년 1월 13일에 개최된 조선노동당 제5차 당 대회보고서에서 김일성은 "4대 군사노선이 성공적으로 추진되어 북한 주민은 모두가 총을 메고 있고, 모두가 총을 쏠 줄 안다."고 하였고 "1972년 4월 15일, 내 회갑 잔치는 서울에서 하자."라고 말하여 한반도의 긴장이 점점 고조되고 있었다.

한편 미국은 1969년 1월 닉슨Richard M. Nixon 대통령이 취임하게 되었고, 그해 7월 25일 괌 독트린Guam Doctrine 선언으로 "아세아에서 전쟁이 나면 원조는 하지만 대신 싸우지는 않는다."는 내용을 발표하게 되며, 1970년 4월 10일 미국 군사원조 예산에서 한국 지원금 중 3천만 불을 삭감하여 1억 4천만 불로 조정하고, 7월 6일에는 미국의 윌리엄 포터William P. Porter 대사를 통하여 정일권 국무총리에게 주한미군의 3분의 1에 해당되는 2만 명을 1971년 6월 30일까지 감축할 것이라고 공식 통보해 왔다. 또한 미국은 아세아 지역에서 중국과 관계 개선을 모색 해 나가게 되며, 키신저의 북경 방문에 이어 1971년 7월 15일에는 닉슨 대통령이 중국을 방문하여 미·중 간에 상호 불간섭 원칙과 평화 공존 원칙에 입각하여 두 나라를 협력관계로 발전시켜 나가자는 데 합의하였다.

1961년 5.16 혁명 당시 북의 GNP는 137불인 반면 우리는 94불로서 혁명 정부의 최대목표는 식량 문제를 해결하여 '보릿고개'를 극복하는 것이었다. 다행히 우리 정부는 1970년도부터 보릿고개를 해결해 나갔다.

박정희 대통령은 1960년대 후반부터 중화학공업을 발전시켜 1970년대에는 우리나라를 개발도상국가로, 1980년대에는 중진국으로 발전시켜 가자는 목표를 정하고, 경부고속도로, 포항제철, 조선사업 등에 역점을 두고 경제정책을 추진해 나가고 있었다. 이러한 노력으로 1969년도에는 우리의 GNP가 208불로 북의 194불을 앞지르게 되었다.

북은 군사적 위협을 가해 오고, 중·미 관계는 유화정책으로 변하고, 우리는 우선 전쟁 없이 경제발전에 주력해야 하는 상황에서 박정희 대통령은 1970년 8.15 평화통일 구상 선언을 하게 된다. 즉, 북측에 긴장상태를 완화하는 태도를 표시할 경우 '남북 간 인도적 문제와 통일 기반을 조성해 갈 수 있는 획기적 제의를 할 것이며, 민주주의와 공산독재의 그 어느 체제가 국민을 더 잘살게 할 수 있는지 선의의 경쟁을 하자'고 제의하였다.

이러한 배경에서 회담이 제의되었고 남북 간 방송으로 회담을 제의하여 서로 합의함으로써 남북적십자회담이 열리게 되었다.

02
가족 찾기 회담을 제의하다

1971년 8월 12일 10시, 남산 입구에 위치한 적십자사 본사 강당은 내·외신 기자로 가득한 가운데 최두선 총재가 입장하였다.

최두선 총재는 상기된 얼굴로 방송사별로 설치된 여러 개의 마이크 앞에 서서 상당한 뜻을 담고 심사숙고하여 만들어진 준비된 원고를 읽어 내려갔다.

"4반세기에 걸친 남북 간의 장벽은 온갖 민족적 비극의 원천이며, 특히 남북으로 갈린 이산가족들의 비극은 금세기 인류의 상징적 비극이라 아니할 수 없습니다. 이러한 상태는 인류애와 재난의 구호를 위한 봉사를 기본으로 하는 적십자 정신을 구현해야 할 우리에게 있어서 실로 가슴 아픈 일입니다. 물론 이러한 이산가족들의 비극은 남북 간의 장벽이 해소됨으로써 완전히 종식될 것이나 이것이 단시일 내 이룩되기 어려운 현실하에서 적어도 1천만 이산가족들의 실태를 확인하고 이들의 소식을 알려주며 재회를 알선하는 가족 찾기 운동만이라도 전개해야 하겠습니다. 그러므로 나는 대한적십자사를 대표하여 적십자 정신에 따라 남북 간 순수한 인도적 문제를 조속히 해결할 목적으로 북한적십자회에 대하여 다음과 같이 제의합니다.

첫째로 가까운 시일 내에 남북적십자회 대표가 한자리에 마주 앉아 회담할 것을 제의하며,

둘째로 본 회담 절차를 위한 예비회담을 늦어도 10월 안에 제네바에서 가질 것과 이에 대하여 북한적십자회가 방송통신망이나, 국제적십자사연맹이나 여타 가능한 방법으로 그 의사를 우리 측에 전달해 달라."

최두선 총재는 위와 같은 호소성 발표를 하였다.

한반도에는 1945년 8월부터 휴전된 1953년 7월 27일까지 북과 남으로 가족을 떠난 사람을 5백만 명으로 추산하고, 1천만 이산가족이라 일컫게 된 것이다. 이 많은 사람들이 보고 싶은 가족을 그리며 생사조차 알 수 없는 상태에서 그날그날을 보내고 있었으며, 집을 떠날 때에는 일주일이나 한 달 정도면 집으로 돌아가리라고 떠난 것이 그 사이에 수십 년이 흘러가 버렸기에, 전국으로 중계된 이 방송이 온 국민과 이산가족들의 슬픔의 눈물을 닦아 줄지 모른다는 기대에 흥분된 분위기였다.

한적 최두선 총재 남북적십자회담 제의

대한적십자사는 1956년 8월 국제적십자연맹을 통하여 7,034명의 생사를 북에 요청하여 337명에 대한 생존사실을 회신 받은 바 있었으나, 1971년 당시까지 남북 간의 모든 분야가 단절된 상태로 서로 괴뢰 정부라고 비방하며 어떠한 통로도 없던 시절이었기에, 이날 KBS 방송을 통하여 제의하게 되었고 이에 북한적십자회는 이틀 후 평양방송을 통하여 수락해 왔다.

03

남북회담의 첫 회담 첫 발언

1971년 8월 20일 정오 남북의 적십자사 직원이 만난 판문점 중립
국감독위원회 회의실은 흥분과 긴장 그리고 기자들의 취재경쟁으로
열기가 후끈거렸다. 1953년 7월 27일 한국전쟁 휴전 이후 처음으로
군산정전회담이 아닌 남북 공식 접촉이 판문점에서 이루어진 날이기
때문이었다.

12시 1분, 중립국감독위원회 회의실에 남측 파견요원 대한적십자
사 이창열 서무부장과 국제부 윤여훈 참사, 그리고 북측의 파견요원
서성철과 렴종연 4명이 마주 앉았다. 긴 책상의 가운데로 마이크 선이
놓였으며 그것이 바로 38선인 것이었다.

　　남측: "안녕하십니까?"
　　북측: "동포들과 서로 만나서 반갑습니다."

남북의 첫 번째 대화로 남측의 이창열 부장이 말했고, 이에 북측의
서성철 대표가 답했다.

　　남측: "신임장입니다."
　　　　 "대한적십자사 총재서한을 전달합니다."

남북은 총재서한과 북측위원장의 서한을 서로 교환하였다.

> 북측: "그럼, 이것으로 우리의 임무는 끝인가 봅니다."
> 남측: "아! 그러세요. 안녕히 가십시오."
> 북측: "안녕히 가십시오."

정확히 3분간의 만남이었다.

이렇게 5분 이내의 만남을 다섯 차례 가진 후, 그해 9월 20일 남북 적십자회담을 위한 예비회담이 바로 이 장소에서 열렸다.

우리 측의 대표는 적십자사 보건부장인 김연주 의학박사였으며, 북측은 북한적십자회 서기장 김태희였다. 5명의 대표가 나란히 앉고 10명의 수행원이 자리를 했다. 필자도 수행원의 일원으로 자리를 하였다.

역사적으로 열리는 남북 간 회담인 점을 감안하여 적십자사 요원과 관계 각 부처에서 파견한 인원으로 구성된 전략팀이 편성되어 몇 주 간 북측의 전략을 분석하고, 우리 측의 대응책, 회담에 임하는 기본태도 등에 대한 검토와 예행연습이 있었다. 당시 군사정전회담의 수석대표는 미군 장성들이나 이번 회담은 우리 수석대표가 직접 대응하는 회담인 점에서 많은 신경을 썼다.

우리 측 수석대표 김연주 박사는 대한적십자사 보건부장으로 휘문중학교와 평양의전, 미국 미시간의대를 졸업한 의사로서 학교시절 축구선수 주장을 거친 박력 있고 건장한 체격을 갖춘 분이었다. 전략반에서 수석대표에게 이번 회담은 역사적인 회담인 점을 감안하여 첫

제1차 남북적십자예비회담(1971.9.20.)

발언은 반드시 우리가 먼저 하여 역사적인 기록을 남겨야 한다고 당
부하였다.

　　회담이 시작되었다.

　　　　남측: "반갑습니다."
　　　　북측: "이렇게 오래 헤어졌던 동포끼리 마주 앉고 보니 기쁜 마음 한
　　　　　　량이 없습니다."
　　　　남측: "우리 대표를 소개합니다."
　　　　북측: "우리 대표를 소개합니다."

그리고 바로 이어 말했다.

> 북측: "대표 단장 선생, 대표 여러분, 나라가 갈라지고 민족이 분열
> 된 지 26년이라는 긴 세월이 흘러가 오늘 늦기는 하였지만…"

아니! 이것은 본론이 아닌가? 우리 측 김연주 박사는 이 말을 듣고, 인사말이 아닌 본론임을 즉시 감지하고 우리 측의 기본 발언문을 읽어 내려가기 시작하였다.

> "나는 대한적십자사를 대표하여 여러분을 진심으로 환영하는바 입
> 니다. 지난 8월 12일 대한적십자사 최두선 총재께서는 오랫동안 남북
> 으로 흩어져 있는 가족의 고통을 덜어주기 위하여…"(이후 계속됨.)

이러한 상황으로 1분 이상 두 대표가 동시에 발언하게 되자 북측 단장이 "김 선생! 김 선생!" 하며 큰 소리로 불렀지만 김연주 박사는 이에 아랑곳하지 않고 계속하여 발언문을 읽어 내려갔다. 그리하여 이 회담의 역사적인 첫 발언은 기록상 우리 측이 먼저 발언한 것으로 되었다.

04

평양에서 열린 첫 회담

인류평화를 상징하는 깃발은 흰 바탕에 붉은 십자가인 '적십자'기이다. 1972년 8월 29일 서울 시내의 요소요소와 남산 일대는 적십자 깃발이 휘날리고 있었다. 휴전 이후 남북 간 처음으로 남북적십자회담에 참가하기 위하여 남측 대표단이 북으로 떠나는 날인 것이다. 남북적십자사 간에 열리는 회담이지만 역사적인 일로서 모든 방송사 중계차와 내·외신 기자 수십 명이 남산 적십자사 앞에 몰려왔으며, 환송을 위한 시민들로 주변이 온통 환송인파로 가득하였다.

출발 30분 전부터 대표단 표정에 대한 중계방송을 하는 등 이곳뿐만이 아니라 온 나라가 흥분된 분위기였다. 대표단을 운송할 차량(캐딜락)과 버스 그리고 안내 인도 차량, 업무 연락 차량 수십 대의 양쪽에 적십자 깃발을 달았다. 이것은 남북 간에 판문점을 통과하는 모든 차량에 적십자기를 달라고 합의되었기에 부착된 것이었다.

그동안 군사정전회담에서 우리 측은 백색 기를, 북측은 청색 기를 달고 판문점 공동경비구역까지 다녔지만 이번에는 양측이 어느 쪽으로 가든 평화의 상징인 적십자 깃발을 달고 다니기로 한 것이다.

적십자사 회담사무국도 새로 지어 흰색으로 도색된 건물에 커다란 적십자기가 게양되었다. 남북적십자회담을 위하여 적십자 본사 옆에 새로 7층 건물을 신축하였다. 박정희 대통령도 남북관계에 깊은 관심을 가지고 건물 준공식 전날 이곳을 방문하시어 방마다 둘러보시고 직원들을 격려하셨다.

남북이산가족을 찾아주기 위한 회담을 1971년도에 제의하면서 북측이 받아줄 것인지 아닌지를 예측할 수 없는 상황이었기에 시작 당시에는 사무실조차 제대로 마련되지 않아 당시 패망하여 비어 있던 삼청동 월남대사관 마당에 가건물을 짓고 그 곳에서 10여 개월간 업무를 보았다.

방북대표단은 54명으로 이범석 수석대표를 비롯하여 7명과 김준엽 교수 등 국제관계 전문직의 학자로 구성된 자문위원 7명, 그리고 업무성격에 따른 전문 분야별 수행원 20명, 이광표 중앙일보 편집국장을 기자단장으로 한 각 언론사 중견언론인으로 구성된 기자단 20명으로 구성되었다.

그간 회담 때의 대표단 배지는 적십자만 표시된 것이었으나 태극기를 달고 방북하는 것이 좋겠다고 하여 위쪽에 태극기를, 아래쪽에는

제1차 남북적십자본회담 대표단(평양, 1972.8.29.)

적십자 표시를 한 배지를 새로 제작하여 한눈에 남쪽 대표단임을 나타낼 수 있게 하였다. 당시만 하여도 대표단원들의 생활수준이 넉넉한 편이 못되어 양복과 구두까지도 새로 맞추어 주었으며, 가방도 한 개씩 지급하여 주는 등 북측 지역에 간다는 것에 신경을 썼다. 대표단 일행 또한 각 부처, 학교, 언론사에서 오신 각계 인사들로 서로 얼굴을 익히기 위하여 2박 3일 포항, 울산, 광양 등지의 산업시찰까지 하면서 필요한 대화들을 나누기도 하였다.

다음날 8월 30일, 국제회의장시설을 가춘 대동강회관에서 남북적십자본회담이 개최되었다. 역사적인 첫 발언을 하게 된 이범석 수석 대표는 개회 전까지 발언문에 많은 신경을 쓰셨고 다소 상기된 표정이었으나 힘차고 당당한 목소리로 첫 발언을 하셨다.

판문각(1972.8.29.) 사진

"27년이라는 긴 세월을 두고 그토록 만나고 싶었던 동포형제가 한자리에 마주 앉게 된 이 감회와 기쁨을 우리는 우리 조상 영전에 자랑스럽게 고하면서 기어코 열리고야 만 이 첫 회담의 역사적인 순간을 지금 우리는 5천만 겨레와 인류 앞에 떳떳하게 전하게 되었습니다.

국토가 양단되고 민족이 갈라져 살기를 어느덧 4반세기, 분단된 조국은 기필코 통일되어야 한다는 엄숙한 민족의 소명 앞에 우리는 마다할 것이 없고 흩어진 부모형제가 하루빨리 만나고 싶어 하는 애절한 소원을 성취시킬 수 있는 일이라면, 그곳이 어디든 단숨에 달려가고 싶은 심경으로 우리 일행은 유서 깊은 평양에 와서 오늘 여기에 자리를 함께한 것입니다.

지금 본인은 남녘 3천 5백만 동포들의 마음속으로부터의 안부를 이곳 동포 여러분에게 전하고자 하며, 아울러 이 뜻깊은 사명을 본인이 맨 처음으로 전할 수 있게 된 것을 다시없는 영광으로 생각하는 바입니다. (중략)

적십자 정신과 인도주의에 입각한 우리의 회담이야말로 그 결과로써 우리 동포들의 괴로움을 꼭 풀어주고야 말 것입니다. 오늘 우리들이 시작한 성스러운 과업은 우리들 조상의 넋이 길이 지켜보며 살펴 주실 것입니다.

우리는 용기와 인내와 지혜와 호양으로써 이제 이산가족들의 슬픔을 기필코 덜어줄 것을 다시 한 번 다짐합시다. 본인은 다음과 같이 제창하면서 본인의 연설을 끝맺으려고 합니다.

남북적십자회담에는 승리와 패배, 득과 실이 없으며, 단지 역사와 민족 앞에 서로가 얼마나 충실한가, 그것만이 있을 뿐입니다!"

회담 전날 수석대표께서는 그토록 그리던 고향땅의 대동강을 바라보며 밤새 첫 발언 문안을 가다듬으셨다. 첫 발언문은 서울에서 미리 준비해 갔지만 그곳에 도착하면서 수석대표님은 많은 생각에 잠기셨고 역사적인 첫 발언이라 하시면서 직접 문안을 손보셨다. 회담 참가자 모두는 이 역사적인 현장에서 민족분단에 대한 감회가 깊었다. 당시만 하여도 적십자 차원의 회담으로 방북했지만 대표단원들 중에는 그곳에 가서도 남북의 분위기가 나빠져서 돌아가지 못하면 어쩌나 하고 걱정하며 운영을 맡고 있던 필자에게 몇 번이고 걱정을 내비치신 분도 있었다.

05

보이지 않는 경쟁으로 난 사고

1971년 9월 판문점에서 예비회담이 시작되면서 처음 북측은 매우 공격적인 자세로 회담에 임했으며 우리 측은 매우 수세적인 입장이었다. 북측은 이산가족을 찾기 위하여서는 누구든지 자기 고향에 가서 자유롭게 다니면서 찾아야 한다는 주장이었고, 우리 측은 우선 적십자사에서 생사를 확인해 준 다음 가족끼리 만나게 하자는 주장이었다. 듣기에는 자유롭게 돌아다니면서 찾는다는 주장이 훨씬 적극적인 방법인 것 같지만 북측은 순수한 뜻이 아닌 복합적인 의도를 가지고 주장한 것이다. 당시 회담 분위기로서는 우리 측의 주장이 소극적이고 북측의 주장이 적극적이었으므로 우리는 방어적인 설명을 계속해야 하는 처지였다.

그러나 10월에 열린 2차 회의에서 우리 측은 남북적십자본회담 장소를 서울과 평양을 오고 가며 열 것과 두 달 후인 12월 5일에 개최할 것을 제의한 데 대하여 북측은 당황해 하는 표정이 역력했다.

이 문제를 협의하는 과정에서 북측은 서울 가는 길의 도로 사정에 대하여 질문하였다. 우리 측은 서울에서 판문점까지 공사도 안 된 도로를 상태가 좋으며 40분 정도면 서울에 갈 수 있다고 발언했고, 북측도 개성에서 평양 도로가 좋다고 하면서 2시간이면 갈 수 있다고 했다. 서로 경쟁하듯 도로에 대하여 사실과 다른 이야기를 하면서 자랑삼아 말했다.

사실 우리 측도 12월에 서울, 평양으로 오고 가며 열기에는 준비가 되어 있지 않은 상태였지만 대화에서 적극성을 띨 필요가 있겠다는 생각에서 전격 제의를 하게 된 것이다. 당시 우리 측의 서울 판문점 도로는 포장도 되지 않은 지방 도로로, 회담하러 갈 때마다 차는 고급 외제차량인 캐딜락이었으나 비가 오면 도로 사정이 나빠 바퀴가 빠지곤 하는 실정이었다. 어느 날 차가 빠져 수석대표도 내려서 차량을 끌어내고 승차한 일도 있었다. 우리가 12월 본회담을 제의한 그날 우리 대표단이 판문점 중감위 회의실에서 회의를 마치고 후방 4㎞ 지점에 회담지원을 위하여 설치 운영하고 있는 판문점 적십자전방사무소에 도착하자마자 3대의 일제 검은색 크라운 승용차가 들어왔다. 놀란 것은 차에서 박정희 대통령과 정주영 현대건설 회장 외에 건설사 회장들이 함께 이곳에 온 것이다. 박정희 대통령께서는 "이렇게 상태가 나쁜 도로를 가지고 어떻게 북측 대표단을 서울로 데려오겠다는 것인가" 하시면서 고속화 도로를 빨리 건설할 수 있겠는지 하는 의견을 타진하였다.

그리하여 판문점에 가는 통일로를 여러 건설회사가 구간을 나누어 초고속으로 건설하게 되었다. 급히 건설하다 보니 도로 양측에 심어둔 나무들 중에 얼마 살지 못하고 말라 비틀어진 나무도 있으며, 급한 나머지 뿌리도 없는 나무를 일부 심기도 하였다고 했다. 다음 해에 코스모스를 심어 지금은 코스모스 길이기도 하다.

북측도 판문점에서 평양까지 250여 ㎞를 보수 공사하는 데 1백만 명이 동원되어 기계도 없이 인력으로 공사를 했다고 하였다. 지금은 개성에서 평양까지 고속도로가 건설되었지만 당시에는 기존 도로를 긴급히 공사하다 보니 1㎞ 간격 정도로 아스팔트와 시멘트로 연결된 도로였다. 얼마나 고생하며 보수 공사가 된 도로였던지 노면 상태를 보고 짐작이 되었다.

제1차 남북적십자회담은 다음 해 8월 평양에서 열리게 되었고 회담을 위하여 우리는 캐딜락을 수입해 왔고 북쪽에서도 벤츠 300여 대를 수입하였다고 하며 회담에 30여 대가 동원이 되어 우리 대표단이 나누어 타고 평양을 가고 오고 하였다.

30여 대의 차량 대열은 근 2㎞ 정도 되었다. 북측 길은 구부러진 상태대로 보수하여, 포장한 도로의 노면이 고르지 못하고 다리가 있는 지점은 협소하였다. 우리가 돌아오는 길에 뒤쪽에서 따라오던 우리 대표단이 승차한 차량 2대가 교량에서 밑으로 추락하여 전복된 대형 사고가 발생하였다.

우리 측 수행원 중 정응채 씨와 황준집 씨가 크게 부상하여 대표단과 같은 시간에 판문점을 통과하지 못하고 개성 적십자병원에 입원하였다가 따로 3시간 후 극비에 앰뷸런스로 돌아오게 되었다. 이러한 사실이 알려지면 남북 간에 좋지 않은 영향을 미칠 것이라고 판단한 당시 기자단에서 이에 대한 보도를 일절 하지 않음으로써 차후 회담에 영향을 미치지 않고 다음 달 서울에서 2차 회담을 가질 수 있었다. 보이지 않는 남북 간 경쟁의 한 부분이라고 하겠다.

06

붉은 머플러

평양에서의 우리 대표단의 숙소는 문수리 초대소라는 곳으로 1동
은 대표단을, 2동은 기자단을 위한 숙소로 사용되었다. 초대소라는 곳
은 주위에 울창한 나무가 심어져 있었으며 공원 같은 곳에 2개 동의
건물이 있었다. 첫날 숙소 식당에서 북측 김태희 단장의 환영만찬이
있었고 둘째 날에 대동강변에 위치한 회의장에 도착하였다. 회의장
주변에는 많은 나무들이 심어져 있었으며 건물 규모와 내부시설이 동
시통역까지 가능한 국제회의장으로 잘 꾸며져 있었다.

회의장을 보면서 다음 서울에서 열릴 우리 측 회의장 규모에 대한
걱정이 생겼다. 우리도 남북적십자본회담이 열리면 좋은 시설을 보
여주고 싶어 대한적십자사 본사 옆에 천 평 규모의 사무실과 회의실
을 지어 놓았으며, 최고급으로 짓는다 하여 엘리베이터는 일제로 설
치하고 한국 상표를 붙여 놓는 등 다양하게 준비해 놓았으나 우선
규모 면에서 비교가 되지 않았기 때문이었다.

남북적십자회담 제1차 본회의는 남북 간 좋은 분위기에서 이범석
수석대표와 북측 단장의 인사와 기조발언, 자문위원장 남측 김준엽,
북측 윤기부의 축하 발언이 있었으며, 다음 회의일자를 합의하는 정
도에서 회의를 종결하였다. 그리고 오후에는 어린이들을 위하여 운영
하고 있다는 평양 소년궁전을 둘러보게 되었다.

우리 일행은 옥류교를 지나 해방 후 스탈린 거리라고 부르던 거리를

승리거리라고 바꾼 거리에 위치한 소년궁전에 도착하자 어린 학생들이 도열하여 우리를 환영하였고 꽃다발을 한 사람에게 하나씩 안겨주었다. 그리고 우리 대표단원들의 목에 붉은 머플러를 하나씩 매 주었다. 우리 대표단은 소년궁전 안에 들어가 학생들을 위한 음악, 미술, 무용을 가르치고 있는 여러 방들을 둘러보았다. 어느 한 교실에 들어갔을 때 교단 중앙의 교탁에 흰 교탁보가 씌워져 있었고 선생님은 옆에 설치된 교탁에서 가르치고 있었다. 교탁보의 교탁이 궁금하여 질문하였더니 주석께서 방문하시어 직접 교시하신 교탁임을 기념하여 보존하고 있다고 했다. 우리 일행은 잠시 휴식 후 소년극장에서 소년들이 준비한 공연을 관람하고 있었다. 그런데 황급한 소식이 서울 상황실에서 전해져 왔다. 남북합의에 의하여 대표단이 장시간 머무는 곳에는 반드시 직통전화가 연결되도록 되어 있어 긴급연락을 보내

네쌍둥이 형제(무용수)

온 것이었다. 내용은 지금 대표단이 목에 매고 있는 머플러를 빨리 풀어 버리라는 전달사항이었다. 왜 풀어야 하나? 아무 의미 없이 환영의 뜻으로 매고 다녔는데? 그러나 그것이 아니었다. 붉은 머플러를 매는 것은 공산당에 입당하는 첫 신호라는 것이다. 우리 일행은 조용히 한 사람씩 전달해 가며 머플러를 다 풀어 버렸다. 북측이 우리에게 매어 준 것이 그러한 뜻이 있는 것인지는 잘 모르겠으나 당시만 하여도 남북 간에는 모든 것에 너무나 민감했던 때이므로 매사에 신경을 쓰지 않을 수 없었다.

서울 조선호텔에서 열린 회담

1972년 9월 12일 서울에서 열린 2차 남북적십자본회담에 북측 대표단이 휘날리는 적십자 깃발을 달고 서울로 왔다. 오는 경로에 구파발에서 타워호텔에 이르는 연도에 수많은 시민들이 나와 환영하여 주었고, 통일이 눈앞에 보이는 듯한 상황들이 전개되어 이산가족은 물론 많은 시민들 모두가 말할 수 없는 감정에 휩싸이기도 했다. 이날 수석대표의 인사말에 이어 김용우 한적 총재는 축사에서 "양측에 서로 차이점을 찾기보다는 공통점을 찾아야만 한다."고 말하고 "금년 적십자의 세계표어가 인도주의 가교人道主義架橋이므로 동포애와 민족적 사명감으로 이 가교에 서광을 비쳐 주기 위해 모든 불신과 쓰라린 과거를 모두 묻어 버리자"라고 호소했다. 한편 이산가족 대표로 김옥길 이대 총장은 "이념과 제도가 있기에 앞서 겨레가 있고 이 겨레는 부모와 형제의 사랑으로 이루어졌다"고 말하고 "역사의 방향을 돌이킬 개인도 단체도 없으므로 우리는 다 같이 이 겨레에 봉사하려는 정신과 정성만으로 민족의 지상 명령에 따라 주기 바란다."라고 당부하셨다.

한편 북측 자문위원 윤기복은 적십자회담의 성공을 기원하는 발언은 전혀 하지 않았으며 "영광스런 수도 평양… 조국통일이야말로 최대의 인도주의"라는 등 정치적 발언으로 회담 분위기가 가라앉고 말았다.

이 발언으로 동포로서 이념과 체제를 넘어선 인도주의 회담 대표단으로서의 북측 대표단 일행에 보여준 서울시민들의 따뜻한 환영과는 대조적으로 돌아갈 때 아무도 손을 흔들어 주는 이가 없는 쓸쓸한 모습으로 돌아갔다. 북측 대표단도 서울에 온다고 무척 신경을 썼던 것 같았다. 대표단 전원이 유니폼인양 모두 똑같은 색상의 양복을 입고 있었으며 똑같은 시계, 같은 가방, 모두가 통일된 모습을 하고 있었다.

우리 대표단이 평양을 방문했을 때에는 북측 주민들이 아무 반응이 없었으며 손을 흔든 이도 아무도 없었으나 서울회담 참가자들을 동포로서 따뜻하게 대했던 서울 시민들에게 다시 한 번 가슴 아픔을 남겨 놓고 돌아갔다.

서울에 온 북측 대표단을 환영하는 연회는 경회루에서 있었다. 이날 김용우 총재 초청에 천여 명의 국내인사들이 참여하였다. 국회부의장, 야당 대변인 등 정치인들과 서울 소재 대학총장을 비롯한 각계 인사들이 참여하였으며 참석자 중에는 북의 요원들과 중학교동창이 되는 분들도 있었다. 환송만찬은 워커힐 가야금 홀에 초대하였는데 장소가 워커힐이라고 하여 북측에서 항의하는 발언도 있었으나 수석 대표께서 "당신들은 우리를 스탈린 거리로 데리고 다니지 않았소."라고 답변하여 무마되기도 하였다. 공연물에 여성들의 캉캉 쇼에 항의가 있기도 하였으나 이젠 북에서도 이런 공연을 하고 있는 것을 보면 세월이 가면서 북도 변한 것 같다.

08
합의서 만들기

남과 북이 회담할 때마다 합의서나 공동선언문, 공동보도문을 합의하여 서명하거나 발표한다.

이러한 문서가 나오기까지는 회담기간 중 실무대표나 실무자들 간에 거의 밤을 새워 가며 서로 자기 측 주장을 펴서 합의서 문안에 들어가도록 노력한다.

합의 문서에 문구 하나하나가 중요한 뜻을 담고 있기 때문이다. 예를 들면 "상호비방을 중지한다."라고 하면 서로가 지킬 수 있는 부분이지만 "상호 자극적인 비방을 중지한다."라고 하면 자극이라는 문구에 엄청난 문제가 발생할 수 있기 때문이다. '자극'은 상대측에서 생각하기에 따라 문제를 야기시킬 수 있다.

우리 측이 북에 갔을 때 "우리는 자유 민주주의 체제에서 행복하게 잘 살고 있다"는 노래를 불렀다고 하자. 즉각적으로 상대측이 '왜 우리를 자극하는 노래를 부르는가.'라고 하며 시비의 대상이 될 수 있다.

또 문구에서 남측이 자주 쓰는 용어를 쓰느냐 북측이 자주 쓰는 용어를 쓰느냐에 따라서도 서로 자기 측 주장을 하게 되므로 2, 3일 정도 열리는 회담기간 중에 합의된 문안을 만든다고 하는 것은 여간 어려운 일이 아닌 것이다. 일례로 우리는 공작이라는 뜻은 공개적이지 않은 일을 할 때 쓰는 용어이나 북측은 정상적으로 하는 일의 용어로 자주 씀으로 용어상 차이를 조절하여야 한다. 그러므로 문장 하나하나를 확인하고 되씹어 보아야 하며 발표 직전까지 확인, 또 확인을 하여야 한다.

지난 1985년 1차 고향방문단 및 예술단 교환방문을 위한 실무회담에서 양측이 합의하여 합의서를 만들어 발표하려는 순간 북측이 당초 합의서에 없던 '자극'이라는 문구를 슬쩍 집어넣어 이를 우리 측이 찾아내서 삭제시킨 일도 있다.

문안을 타자로 활자화하는 일도 쉬운 일이 아니었다. 요즘에는 컴퓨터 워드프로세서가 있어 한번 치고 틀린 부분이 있으면 수정해서 곧 완성된 문장이 만들어지지만, 1972년 당시에는 완성된 합의 내용을 문서화하는 데도 애로가 많았다.

1972년 제1차 남북적십자회담이 평양에서 열렸을 때 우리 측은 타자수가 여성이라 하여 동행하지 않았다.

제1차 회담에서 합의서를 만들게 되어 평양에서 타자를 치려고 하니 수행원 중에서 당시 외무부 소속 서기관이 제일 타자를 잘 칠 것이라 하여 문서를 치기 시작하였다. 그러나 관리직에 있던 그의 솜씨로는 잘 되지 않자, 옆에 있던 다른 수행원이 내가 쳐 보지 하며 시작하였으나 그 또한 수준 미달이었다. 이 사람 저 사람 타자를 쳐 보았지만 타자는 잘 되지 않고 발표시간은 다가오고 여간 난감한 처지가 아니었다. 겨우 당시 문서는 만들었지만 서류 모양이 맵시 있게 되지 못한 합의서에 서명을 할 수밖에 없었다.

2차 회담 시 북측은 처음부터 여성 공판타자기 요원을 수행원으로 동행하고 서울에 왔다. 이후 우리 측도 전문 타자요원을 수행원에 포함하여 이 업무를 맡도록 하였다. 최근에는 컴퓨터가 있어 수정도 쉽고 속도도 빨라 문서를 만드는 데 별 어려움이 없는 시대가 되었다.

합의된 합의서를 발표함에 있어서도 1971년 회담 초기에는 남과 북이 공식으로 상대측 국가 호칭을 불러주지 않던 시기였으므로 합의 서를 발표할 때 합의 내용을 각각 문서로 작성해 서로 교환하여 확인 한 후 각자 자기 측 대변인이 남측은 국가 명칭 없이 '대한적십자사' 로, 북측은 '북측적십자회'로 각각 발표하는 형식을 취하다가 남북관 계가 진전되면서 7.4성명에서 마지막 부분에 "상부의 뜻을 받들어" '서울', '평양'이라는 명칭을 사용하였고, 1980년 초 국호가 아닌 '대한 적십자사'와, '조선민주주의 인민공화국 적십자중앙위원회'로 한 문 서에 병행 표기하였고, 1985년 '대한민국 대한적십자사'를 표기하였 던 시기를 거쳐 1991년 남북기본합의서 이후 '대한민국', '조선민주주 의 인민공화국'으로 표시하여 공동으로 서명하고 동시 발표하고 있다. 이렇듯 상대방을 인정하는 데에는 상당한 시간이 걸리었음을 합의서 발표 내용으로 알 수 있다.

09

환경조건론

　때때로 북측이 남북회담에서 주장하는 조건이 있다. '남측의 법률적 조건과 사회적 환경 개선'이다. 북측은 이 조건을 이산가족 문제를 해결하는 데 선결조건으로 제시한다.

　법률적 조건에 해당되는 구체적인 내용은, ① 국가보안법 등 반공입법들을 폐지하고, ② 반공기관과 단체들을 해체하며, ③ 일체의 반공활동을 금지하며 남북 간 인도주의를 구현하는 길은 조국통일을 실현하는데 있다고 주장함으로써 이산가족 문제도 통일 문제의 일부라고 보고 있다. '인도주의 사업이라고 해서 조국통일 문제와 분리하여 다룰 수 없으며 오로지 통일 문제의 일부로 추진해야 한다.'라고 주장하고 있는 것이다.

　또한 사회적 환경 개선이란 남한 내에서 '이산가족을 포함한 남북 간 모든 인사들이 자유롭게 다닐 수 있도록 환경을 개선해야 한다는 것으로 남측 지역 내에서 군사훈련을 중단하여야 하며, 특히 한·미 합동 군사훈련은 한반도에 있어서 북에 대한 중대한 위협이므로 반드시 중단되어야 한다는 것이다.

　이는 군사훈련으로 남한의 전 지역에서 화약 냄새가 나고 있는데 어떻게 이산가족들이 자유롭게 다닐 수 있겠는가 하는 주장이다. 또 한 가지 추가로 주장하는 것은 남북 인사들이 자유롭게 다니도록 하려면 한반도에서 분위기 좋도록 해야 한다는 것이다. 분위기 좋게 하

제3부 남북대화의 현장 이야기 • 107

환경조건론

여야 한다는 말은 참으로 좋은 뜻의 말이라고 하겠다.

1985년 남북이산가족 고향방문단 및 예술단 교환행사도 먼저 북측에서 분위기를 좋게 하기 위해서는 예술 공연을 하여야 한다고 남북적십자회담 제8차 회담에서 주장하였으며 우리 측은 이산가족이 만나는 것보다 더 좋은 분위기가 어디 있겠는가라고 주장하여 이 두 가지 내용을 합하여 만들어 낸 합의서가 남북이산가족 고향방문단 및 예술단 상호 교환행사였다. 그리하여 이산가족 각 50명, 예술단 50명, 수행원 및 기자단 50명과 단장 1명으로 151명이 1985년 9월 20일부터 3박 4일간 서울과 평양 교환방문이 실현된 것이다.

북측에서 주장하는 환경조건론은 남북관계가 잘 진행되고 있을 때에는 몇 번 발언만 하고 이 이야기를 더 거론하지 않아 합의서를 이루고, 사업이 실천되지만 북측이 환경조건론을 계속 강력하게 주장하는 경우 그 회담은 결렬되고 만다. 그러므로 회담을 하면서 어느 정도

강도 있게 북측이 환경조건론을 발언하느냐에 따라 그 회담의 성패 여부를 미리 짐작할 수 있다.

때때로 우리 측이 북측의 환경조건 개선을 이야기하면 북측은 우리 내부 문제이므로 거론하지 말라고 하면서 남측에는 환경조건론 개선을 계속 주장하고 있다.

환경조건에 대한 발언은 1970년대 회담에서부터 시작되어 현재까지도 때때로 남북 모든 회담에서 북측이 주장하고 있으며, 남북회담에서 북측이 갖고 있는 중요한 전략 중의 하나라고 하겠다.

10

판문점 상설 회담연락사무소

1971년 처음 열었던 남북적십자회담에서 남측은 예비회담 진행절차 안으로 예비회담 장소, 수행원 수와 배치, 회담기록, 발언순서, 상설회담연락사무소 설치 문제들을 협의하자는 안을 제시하였다.

북측은 예비회담에 대한 문제보다 바로 본회담 의제와 진행절차안을 제시하여 본회담 장소는 판문점 공동구역 내에 자기 측에서 신축하며 의제로 가족, 친척, 친구가 자유롭게 왕래하여 이산가족을 찾도록 하자고 제의하였으며, 본회담 수석대표는 양측 적십자사 총재급으로 하자고 제의하여 첫 회의부터 의견 차이를 보였다.

그러나 상호의견이 접근된 것 중 하나는 적십자 판문점 상설 회담연락사무소를 설치 운영하자고 한 부분이었다. 이로써 2차 예비회담인 1971년 9월 29일에 공식 합의하고 당일부터 개소 운영하게 되었다.

합의된 적십자 판문점 회담연락사무소에 관한 사항은 남측은 '자유의 집'에 북측은 '판문각'에 각각 설치하며 쌍방은 상설 회담연락사무소를 연결하는 직통왕복전화를 가설하며, 문서전달이 필요할 때는 연락을 취한 후 쌍방 근무자가 중립국 감독위원회 회의실에서 만나 전달한다. 쌍방은 각기 2명의 근무원을 배치하며 평일은 9시부터 16시까지, 토요일은 9시부터 12시까지, 일요일은 휴무로 한다고 합의하여 그날부터 지금까지 비가 오나, 눈이 오나 매일 운영되고 있다.

한편 1972년 7월 4일 발표된 남북공동성명 합의와 함께 남북직통전화 가설 및 운영에 관한 합의서가 합의되어 "서울은 이후락 정보부 장실에 평양은 김영주 조직부장실에 설치하고 통화 내용은 엄격히 비밀로 한다."고 합의하여 운영되었으나 남북조절위원회의 결렬로 이 합의는 무효화되었고, 1992년 5월 7일 남북고위급회담에서 남북 총리 간 남북연락사무소 설치, 운영에 관한 합의서에 합의하여 남북화해와 불가침 및 교류협력에 관한 업무를 위한 연락사무소를 설치 운영하고 있다. 명칭은 '남측 연락사무소'와 '북측 연락사무소'로 부르고 있다. 이로써 현재 판문점에는 적십자 연락사무소와 정부 차원의 연락사무소가 운영되어 두 개의 대북 연락창구가 있다.

이곳에 근무하고 있는 요원들은 약속된 시간을 맞추어야 하므로 비가 오나 눈이 오나 항시 근무지를 지켜야 하며, 군인이 아닌 민간인 최전방 근무자들도 판문점 공동경비구역인 군사 지역에 가족들과도 떨어져 근무하여야 하는 어려운 여건에서 북측 요원들과 접촉하고 업무를 협의하는 일들을 맡아 하고 있다.

사무소는 남북 간 이루어지는 회담이나 인사들의 왕래에 대한 크고 작은 일들을 실무적으로 자주 만나 협의하고, 남북대화가 중단되었을 때에는 더욱 중요한 역할을 담당하기도 하므로 양측 모두가 대단히 중요시하는 연락사무소이다. 업무상 상대측과 회담이 아닌 회담을 늘 하게 됨으로 근무요원 선정에 있어서도 상당한 학식과 대화 친화력을 갖춘 요원들이 근무하고 있다. 남과 북이 자주 접촉하며 협의하는 과정을 보면 때로는 경계하며, 때로는 친한 친구로서, 때로는 업무상 의견 차이로 고성이 오고 가며 일하는 곳이 판문점 회담연락사무소이다.

초기 우리 측 책임자는 최동일 연락단장, 북측은 최봉춘 단장이었다. 두 사람의 대화 내용을 한 토막 소개하고자 한다.

북측의 최봉춘 단장이 남측단장에게 질문하여 남측의 최동일 단장
이 답했다.

> 북측: "당신 군인이지요?"
> 남측: "그렇소. 나는 군인이요."
> 북측: "군인이면 계급이 무엇인가?"
> 남측: "나의 계급은 대장이오."

이런 답변은 정말 군인인지 아닌지를 알아내기가 어렵게 만들면서
도 상대방의 대화를 부정적으로 끊지 않고 자연스럽게 응수한 것이
라고 한다. 이곳에 근무하는 이들이 가장 어려웠던 때는 남북 간 모든
대화가 중단되어 냉담한 상태에서 매일 아침과 저녁에 직통전화로
시험통화만 할 때라고 하였다.

> 남측: "이상 없습니까?"
> 북측: "예, 이상 없습니다."
> 남측: "전달사항이 있으니 받으세요."
> 북측: "좀 기다리세요, 상부의 연락이 있어야 받습니다."

위의 대화처럼 아침 시험통화에서 대화 후 아무 소식이 없는 경우
가 가장 어려운 때라고 했다.

최근 남북 간 광케이블이 설치되어 지난날 2회선에서 200회선 이
상 통화가 일시에 가능하게 되었다고 한다. 계속적으로 잘 운영되면

좋은데 남북관계가 조금이라도 소원하게 되면 북측은 때때로 전화를 끊어 우리 속을 태우기도 한다. 지금 이곳에서 일하시는 분들은 어려운 여건이지만, 판문점 회담연락사무소가 더욱 확대되어 더 많은 일들을 하며 통일에 크게 기여하는 날이 있기를 바란다.

한편 2018년 남북정상회담의 합의에 따라 2018년 9월 14일에 공동 남북연락사무소가 개성공단 내에 설치되어 2층은 남측이 4층은 북측이 상주하며 3층은 회의실로 운영되고 있다.

11
1971년도의 비밀접촉

1971년 9월부터 남북적십자회담이 진행되는 동안 이산가족의 범위에 대한 의견이 양측이 서로 달랐다. 남측은 그 범위를 가족과 친척으로 하여야 한다는 입장이었고, 북측은 가족, 친척, 친구까지 포함하여 상봉케 하자는 주장이었다. 또한 북측은 이산가족을 찾기 위해서는 안내자도 필요 없이 어느 지방이든지 마음대로 다니면서 찾도록 하자고 주장했다. 당시 남측에서 볼 때 이는 북의 선전원들이 남쪽 온 지역을 다니면서 선전 선동을 하려고 하는 것이라고 볼 수밖에 없었다.

이 문제로 양측의 주장이 팽팽히 맞서게 되어 좀처럼 회담이 진전되지 못하였다. 답답한 심정인 남측 전략 대표인 정홍진 대표가 1971년 11월 19일에 열린 제 9차 회담에서 맞은편에 앉은 북측의 김덕현 대표에게, 조그마한 쪽지에 이 회의가 끝나고 나서 다시 만나자는 글을 써서 슬쩍 던져 주었다. 조금 후에 북의 대표로부터 쪽지 회답이 왔다. 그리하여 공식 회담이 끝나고 4시간 후에 다시 만나 현안 문제들을 협의하였다.

이 만남은 상당한 기간 남북 간의 비밀접촉으로 공식 회담에서 풀지 못했던 내용들을 협의하게 되었으며 남북 간 정치회담으로 이어지게 된 것이다.

남측의 정홍진 대표는 당시 국정원 국장대리로 재직하다가 적십자로 전직하여 회담 대표를 맡았으며 북의 김덕현은 1963년 5월 홍콩에서 열린 남북체육회담 시 현지특파원으로 회담취재를 하였던 인물로 북측에서는 상당한 지위에 있던 언론인이었다.

북측 대표는 사무적인 성격의 소유자로 대화과정에 자주 격앙되었고, 남측 정홍진 대표는 서울대 사회학과 출신으로 차분하고 유머가 있어 때때로 대립되는 격론에 상대를 진정시켜가며 설득시키곤 하였다.

이 모임은 우리 측 자유의 집과 북의 판문각에서 교대로 오고 가며 열렸고, 필자는 단독 수행원으로 참여하게 되었다. 그런데 세 번째 모임에서 북은 고위층의 신임장을 교환하자고 제의를 했다. 그리고 다음 회의에서 북은 잘 만들어진 문서로 조선노동당 조직부장 김영주의 신임장을 제시하면서 남측의 신임장을 요구하였다.

북측에서 신임장을 요구하여 왔다는 보고를 하였으나 당시 이후락 부장은 신임장을 해 주지 않고 그대로 만남을 유지하라는 지시였기에 우리 측 신임장은 가져갈 수 없었다. 북측은 신임장이 없으면 다시 만날 필요가 없다고 하여 이 비밀접촉은 중단상태가 되었다.

당시만 하여도 우리 측의 고위층에서는 남북관계를 계속 유지할 것인가 하는 문제로 많은 이견이 있던 터라 신임장을 마련해 주지 않았던 것 같다.

당시 남측 일각에서 남북회담을 반대하며 남북대화를 중단시켜야 한다는 정치권이 있어 회담업무에 종사하였던 회담일꾼들이 긴장하기도 했었다.

이런 과정에서 적십자회담도 열리기는 하였으나 아무런 진전이 없었으며 북측은 1월은 날씨가 추우니 봄이 되면 회담을 재개하자고 제의해 와 남북대화에 어두움이 드리워지게 되었다. 1971년 2월이 돼서야 우리 측의 상부 인사가 신임장을 만들어 주었다. 그리하여 다시 비밀접촉이 계속되어 적십자회담에도 진전을 보게 되었으며 남북 간 대화의 분위기가 다시 시작되게 되었다.

어느 날 만남 중에 북측 김덕현 대표가 "이렇게 남북이 대화를 하고 있는 중에 남에서 북측 군진지에 대표를 쏘다니, 이게 있을 수 있는 일인가?"라는 항의가 있었다. 이 항의 내용을 알아보았더니 남측 군부대에서 훈련하다가 실수로 포신이 북을 향했고 포탄이 발사되었다는 연락이 왔다. 이에 대한 설명으로 이 오해는 풀어졌다. 남북 간의 대화가 없었더라면 또다시 긴장 상태로 갈 만한 일들이 때때로 일어났으나 만남을 통하여 그때그때 풀어 나갔다.

7.4 공동성명
문안합의를 마치고
(연락관들과 함께)

12
비밀리에 다닌 남북대표

비밀접촉이 진행되는 동안 북측은 남측의 정홍진 대표가 방문하여 상부 인사들을 만나 달라는 요청을 해 왔다.

이에 1972년 3월 28일 정홍진 대표가 단독으로 판문점을 통하여 평양을 방문하게 되었다. 무사귀환을 보장하는 각서는 필자가 중립국 감독위원회 휴게실에서 받았고, 아무도 배웅하는 이가 없는 가운데 극비에 정홍진 대표는 긴장된 기분으로 38선을 넘어갔고 2박 3일 평양에 체류하는 동안 김일성의 동생인 노동당 조직부장 김영주 등과 만나고 귀환하였다.

그리고 4월 19일 북측의 김덕현 대표가 판문점을 통하여 서울로 오게 된다. 그의 가슴에는 김일성 흉장을 부착하고 있어 안내를 맡은 필자가 미군초소를 지나게 되므로 흉장을 떼면 좋겠다는 말을 하자 그는 뗄 수 없다고 말했다. 남측 2㎞ 지점에 이르러 미군이 총을 들고 남방한계선 통문에 서 있는 것을 본 그는 슬그머니 흉장을 손으로 가리고 앉아 있었다.

서울의 조선호텔 18층에 숙소를 정하고 정홍진 대표와 필자는 그 옆방에 자리를 잡았다. 호텔 측과 경호원들은 거물 재일 교포가 방한 중인 것으로 알고 극진한 대우를 했다. 그에게는 만일을 대비하여 자기를 소개할 수 있도록 '국제무역주식회사 사장 김덕현'이라는 명함도 만들어 주었다. 방문기간 중에 고위층을 면담하고 저녁에는 풍전

비밀리에 방북한 정홍진 대표(좌)와 북의 김영주 조직부장(우)(1972.3.28.)

호텔 나이트클럽에서 춤도 추었다. 김덕현 대표는 외국생활을 많이 한 터라 음악도 잘 알고 춤 솜씨 또한 좋았다. 늦게 돌아온 숙소에서 문제가 생겼다. 늦었지만 숙소에서 정홍진 대표와 김달술 대표 그리고 필자와 함께 한잔 더 하게 되었는데 김달술 대표가 의도적으로 "너희들 너무 까불지 마라. 남과 북이 싸우면 남쪽 인구가 너희들보다 배가 많으므로 2대1로 붙으면 우리가 이긴다."라는 말을 하자 김덕현 대표는 소리를 지르며 "나는 불러놓고 공갈 협박하는 것인가?"라고 외치면서 당장 이 밤에 돌아가겠으니 차를 내달라는 것이었다. 겨우 진정시켜 그 밤을 보내고 업무를 마치고 이후락 부장을 만나고 돌아갔다. 접촉이 계속되는 동안 북측은 4월 초에 우리에게 꼭 남측에 부탁드리고 싶은 것이 있다고 했다. 1972년 4월 15일과 16일은 특별한 자기 측 국경일이므로 이 기간 중만은 모든 전방 대북비방방송을 중단해 달라는 요청을 해 왔으며 우리 측의 상부에서 이를 들어주기도 하였다.

이후 남북 간 관계는 급진전되어 1972년 5월 2일부터 5일까지 이후락 부장이 평양을 방문하였다. 이들의 신변보장각서도 필자가 받았다.

이 부장의 평양 방문에서 김일성은 "자기도 모르게 1968년 좌경맹 동분자들이 청와대를 습격하여 이들을 철직하였다"고 남측에 사과하 였으며 6.25 동란 같은 일은 다시는 없을 것이라고 하여 북측의 남침 을 인정하였다.

5월 29일부터 6월 1일까지는 박성철 제2부수상이 서울을 방문했다. 북측 대표단은 당시 문화공보부 소속의 장충단 소재 영빈관을 긴급 보수하여 숙소로 정하였고 외곽 경호는 공안기관 직원들이 담당하 였다. 이렇게 북측의 대표단이 서울에 와 있었어도 경호를 맡은 모든 요원들은 당시 입국이 불허된 조총련 간부가 온 것으로 알고 있었으 며 철저한 보안 조치를 하였다.

북측 박성철 부수상은 서울로 오면서 문산을 조금 지나 도로 양측 에 높이 쌓아올린 콘크리트 장벽 통문을 보고 "이 장벽은 왜 만든 것 인가?"고 우리에게 물었다. 우리 측은 "북에서 남침하면 방어를 위한 장애물로 북의 선차가 이곳을 통과하려면 한 곳에서 30분 이상 지체 하게 될 것이며 이런 장애물 4곳을 통과하려면 2시간 이상 소요될 것 이다. 이 시간이면 남측은 완전한 전투태세를 갖출 수 있다."고 사실 대로 설명해 주었다. 우리의 방어태세를 확실히 각인시키려는 의도가 내포된 발언이었다.

북측 박성철 일행을 비원과 남산케이블카 옥상에도 안내하였다. 박 성철은 서울을 내려다보면서 청계천 세운상가 부근을 보더니 "많이 시내가 정비되었군."하면서 "지난 시절 저 곳은 엉망이었는데…"라고 말했다. 그는 6.15 때 인민군 15사단장으로 서울에 왔었기 때문에 서 울 시내에 대하여 어느 정도 안다고 했다.

동년 5월 31일 박정희 대통령을 방문한 박성철 부수상은 정상 간의 회담을 할 것과 고위급인사회담 결과를 발표하자는 발언을 하였다. 이에 박정희 대통령은 남북 간에는 상호 불신을 제거하고 용이한 문제부터 해결해 가면서 신뢰를 구축하는 것이 무엇보다 선결과제이며 이런 바탕에서 진행 중인 적십자회담부터 잘 되어야 한다고 강조하였다.

1972년 6월 21일 이후락 부장이 200자 원고지에 작성한 7.4공동성명 초안을 판문각 모임에서 우리 측이 북측에 제시하였다. 그런데 북측 수행원 박진세는 한문공부를 하지 않은 탓인지 잘 읽지를 못했다. 네 차례의 회합 후에 드디어 6월 29일 7.4공동성명 문안에 대한 합의를 이루었으며 북측의 용어로 몇 글자를 바꾼 부분 외에는 대부분 우리 측 안이 받아들여졌다.

문안 정리에서 가장 어려웠던 점은 마지막 누구의 이름으로 서명을 하느냐 하는 문제로 당시 상호 호칭 사용이 어려웠던 때로서 결국 마지막 부분을 서로 "상부의 뜻을 받들어" 이후락, 김영주로 표기하기로 하였다. 이로써 비밀접촉은 끝을 맺었으며 이후 조절위원회가 탄생되어 정부 차원의 대화로 연결되게 되었다.

13

모란봉 경기장 행사

1985년 9월 27일부터 제9차 남북적십자회담이 평양 '인민문화궁전'에서 열렸을 때의 일이다. 이영덕 수석대표를 비롯한 대표 7명과 자문위원 7명, 수행원 20명, 기자단 50명, 모두 84명의 대표단이 평양 고려여관에 머물렀다. 1970년대 회담 숙소로는 10층의 보통강여관, 5층의 평양여관을 이용하였는데 10여 년 후에 평양에 오니 45층 고려호텔이 새로 지어져 있었다.

회담 첫날 회의는 지난 8차 회담에서 합의하여 실무접촉에서 합의된 '이산가족 고향방문 및 예술 공연단의 교환방문'에 관한 합의서 문안을 양측 대변인이 각기 낭독하고 쌍방 수석대표가 이를 확인하였다.

9월 20일부터 3박 4일간 남북 간 처음으로 이산가족이 상호 교환하여 상봉을 실현하게 된 합의서가 이루어진 후에 열린 첫날 회의로 분위기가 부드럽게 진행되었다.

첫날 회의가 끝난 오후, 우리 대표단 일행은 평양 시내의 학생소년궁전에서 청소년 체조를 관람하기로 합의되어 숙소를 떠났다. 그러나 안내되어 막상 도착한 장소는 모란봉 경기장이었다. 남측 연락관은 당초 일정 약속과는 다르다고 항의하여 현장에서 좀 시끄러웠지만 수석대표께서 이왕 이곳까지 왔으니 입장하자고 하여 경기장으로 입장하였다. 입구는 넓은 광장이었으며 내부 본부석으로 입장하는 곳에 에스컬레이터가 설치되어 이것을 이용하여 본부석 출입문으로 입장을 하였다.

경기장에는 5만여 명의 청소년과 5만여 명의 매스게임 인원과 관중이 운동장과 관람석에 꽉 차 있었다. 우리 대표단이 입장하자 일제히 환호성과 더불어 붉은 꽃을 손에 들고 우리들을 환영하였다. 우리 일행은 이 놀랄 만한 광경에 흐뭇한 표정을 지었고 웃으면서 손을 흔들며 답례를 했다. 자리에 앉자 바로 카드섹션이 시작되었다. 운동장에서 카드섹션을 연출하는 학생들은 초등학교 3~5년 학생으로 보였으며, 일제에 탄압 받는 장면의 내용이 시작되었고, 항일 유격대원들이 총을 들고 싸우는 장면 등이 이어졌다. 이어서 운동장은 바다색으로 은물결 치는 파도의 장면이 연출되었고, 스탠드에서는 높은 하늘이 연출되었다. 전체 인원이 펼치는 장면은 볼만하였다.

파도치는 바다에서부터 붉은 태양이 떠오르기 시작하였으며, 하늘 높이 솟고 이어서 주석 사진이 뜨자 본부석의 인원들과 관람객 모두는 일어나서 환호성하며 열광했다. 우리 대표단 일행은 가만히 앉아서 우리끼리 이야기 하는 척하면서 시간을 보냈다. 북측의 수석대표 이종률을 비롯한 모든 대표들과 자문위원들도 일어나 열광하였다. 우리 대표단은 참으로 난감한 입장에 빠졌다. 바늘방석 같은 이 순간을 빨리 보내기 위해 수첩도 꺼내 보고, 넥타이도 한번 만져 보고…, 어서 이 장면이 지나가기를 기다렸으나 15분 이상이나 계속되자 우리 측 기자들이 퇴장하기 시작했으며 이어서 대표들도 퇴장을 하였다.

2일차 적십자회담은 이러한 일로 회의가 시작되자마자 이날 회의를 비공개로 진행하기로 한 전날 합의를 무시한 채 공개리에 모란봉 경기장 사건을 정식으로 거론하면서 우리 측 사과를 요구하는 등 강압적 분위기가 조성되었다. 더욱이 순서도 없이 북측 대표 7명 모두는 과격한 발언을 했다. 이로써 9차 회담은 성과 없이 종료되었다.

그러나 대표단이 현장 상황이 얼마나 곤혹스러웠던지 하는 이야기는 차마 할 수 없는 입장이었다. 우리나라의 국가보안법이 있기 때문인 것이다. 만일 함께 박수를 치고 환호를 했다면 국가보안법 7조 "고무찬양죄"에 해당되기 때문이다.

그렇다 하여 북쪽 지역에 있으면서 그 쪽의 관례를 따르지 않을 수도 없고 하여 대표단이 움직일 때에는 사전에 이러한 어려운 상황이 전개되지 않도록 연락관 접촉을 하게 된다. 모란봉 경기장의 경우에도 당초 학생소년궁전에서 행사를 한다고 하고는 북측이 약속을 지키지 않아 일어난 불미한 상황이 되었던 것이다. 최근에는 남북교류협력법이 있어 다소 활동반경이 넓어졌으나 당시만 하여도 모든 면에서 조심스러웠던 때였다.

워커힐에서 열린 남북적십자회담(1985)

14
북경회담

    북한적십자회는 1995년 가을 국제적십자사연맹에 풍수해와 한해로 식량이 극히 부족하니 구호하여 달라는 요청을 하였다. 1990년대 초반 러시아를 비롯한 동구권이 무너져 기계부품의 조달이 극히 어려워 공장들이 제대로 가동되지 못하고 있던 터에 2년간은 여름 날씨가 선선하여 농사가 되지 않았고 1994년과 다음해에는 기상이변에 따른 폭우로 제방이 무너지는 등 북측 지역에 커다란 피해가 있었다. 특히 평북 희천 지역은 수년을 두고도 복구하기 어려운 상황이 되었다. 그동안 지상천국이라고 늘 자랑하던 북한이 적십자사를 통하여 처음으로 국제적십자사에 구호를 요청하였다. 북측은 지난 날 여러 가지 어려운 일이 있어도 강한 자존심 때문에 외부에 요청하는 일이 없었다.

    국제적십자사연맹은 세계 각국에 지원을 호소하면서 대한적십자사에도 구호를 요청하여 왔다. 이에 한적은 1995년 11월에 담요 8천 장을 적십자사연맹 명의로 인천에서 남포까지 선박을 이용해 지원하였다. 이후 남측 여러 단체들의 동포애적인 사랑의 성원에 힘입어 1996년과 1997년 5월까지 옥수수 5천 톤, 감자 2천 톤, 라면 10만 개, 양말 3만 5천 켤레 등 40억 원 상당의 물품도 적십자사연맹 명의로 인천에서 남포까지 해상 지원을 하였다.

    이렇듯 많은 구호물품을 지원함에 있어 남북이 한 민족으로서 국제사회를 통하여 지원하는 것보다 남북적십자사 간에 직접 지원하는 것이 효율적이겠다는 뜻에서 대한적십자사는 대북 지원에 대한 남북적십자회담을 가질 것을 제의하였고 북측에서 받아들이면서 북경에서 회담을 갖자고 수정 제의해 왔기에 1997년 5월 3일부터 북경 샹그릴라 호텔에서 남측은 당시 사무총장이었던 필자를 수석대표로, 북측은 북한적십자회 서기장 백용호를 단장으로 하여 남북적십자회담을 가지게 되었다.

이 회담은 1994년 7월 북측이 남북정상회담 개최 준비 중 북측 주석의 사망에 조문단을 보내지 않았다는 이유로 남북대화가 전면 중단되었던 터에 열리는 회담이었으므로 국내외 언론의 관심이 컸던 회담으로 100여 명 이상의 내외신 기자들이 북경에서 취재하였으며 CNN은 세계뉴스로 방영하기도 하였다.

1차 회의에서는 지원물량의 차이로 합의를 이루지 못하고 돌아왔으며, 20여 일 후에 북경에서 다시 만나 1차 구호식량으로 옥수수 5만

중국 상그릴라 호텔에서 열린 적십자회담(1997)

톤을 지정하고, 수송지점은 육로로는 신의주, 집안, 남양, 해로로는 남포, 흥남, 나진차후 원산, 해주가 추가됨으로 합의하였다.

합의 과정에서 우리의 지원단체들에서 구호품이 군대에 가지 않도록 수령자의 명단을 꼭 받아 오도록 합의를 해야 한다는 요청이 있어 우리가 요청하자, 북측은 군에는 보내지 않겠지만 개인 수령자명단은 줄 수 없으며 상품에 상호를 모두 제거해 달라고 요청했으며, 남측이 구호품을 주지 않으려 한다는 정치적 의도가 포함되어 있는 것으로 오해하고 있었다.

북경에서 회담하는 동안 우리 대표단은 한국 대사관이 함께 있는 차이나월드 호텔에서 숙식을 하였다. 이틀간의 회의 진행에 진전이 없어 답답하던 차에 필자는 혼자서 이침 일찍 북경 시내에 산책을 나갔다. 돌아오는 길에 북측 대표단이 머물고 있는 호텔 앞을 지나게 되어 그냥 지나칠까 망설이다가 누구든지 드나들 수 있는 곳이라 호텔 로비나 구경할 요량으로 호텔 로비로 들어섰다. 아직 이른 시간이었으므로 아는 사람은 없겠지 했는데 뜻밖에 북측 대표 2명이 나에게로 다가왔다. 그들도 상상할 수 없었던 일이라 몹시 당황한 빛이 역력했다. 남북 간 어디서 회담을 하든지 이런 일은 흔하지 않기 때문이다. "차 한 잔 같이 합시다."라고 말하고 같이 앉아 산책했던 이야기와 회담에서 우리는 인도적 차원과 동포애로써 돕고자 한다는 것과 우리 측 모든 생산기계들이 자동으로 상품에 상표를 부착하여 생산되는 구조이므로 상표를 부착하지 않으려면 새로운 금형과 생산라인을 만들어야 하므로 상표 그대로 받아 주어야 한다고 설명하고 개인은 아니지만 지역단위 정도는 가능하지 않겠는가라는 의견에 접근하였다. 남북 간에는 조그마한 문제도 일단 정치적 의도가 있는지를 의심하게 되며 어떤 경우에는 지나치게 염려할 때도 있다. 말이 통한다고 하여 모든 것이 쉽게 해결되지는 않는 것이 남북회담이다.

지원이 계속되면서 우리 측에 옥수수 5만 톤을 지원할 재원이 마련되어 그해 12월에 3차로 북경에서 만난 회담이었다. 회담이 열리기로 되어 있는 날 아침 CNN뉴스에 IMF로 우리나라 환율이 1$당 2,020원으로 발표가 나오는 것이 아닌가. 1,300원대의 환율시세가 이렇게 되자 도저히 북에 지원할 엄두가 나지 않았다. 그러나 회담을 하지 않을 수도 없고 하여 회담장에 들어갔다. 북측도 그 회담에서는 남측이 IMF로 어렵다는 것을 알고 합의 없이 회의를 종료하였고 1998년 3월에 추가 지원을 합의하여 구호품을 보냈다.

이 회담에서 북측은 비료 10만 톤을 요구하여, 그 수량의 비료 값은 300억 원이 넘는 금액이므로 적십자의 능력으로는 충당하기 어려우니 우리 정부에 요구하도록 종용하여 남북 간 중단되었던 정부 차원의 회담도 열리게 된 계기가 되었다.

15

민간 차원 남북창구 마련

2000년 6.15 남북공동선언 이후 관광공사 김재기 사장을 단장으로 한 관광공사 소속 임원과 각 지역 협회장 그리고 대한산악회 임원, 경제계, 사회단체 책임 인사와 국회 문광위원회 국회의원 3명을 포함하여 110명으로 구성된 관광단이 백두산관광을 갔다.

백두산은 9월이 지나면 눈으로 덮여 가기가 어렵다고 하여 9월 마지막 주에 우리 일행은 인천공항에서 북측 순안공항에 도착하였다. 순안공항에 도착하여 북측이 마련한 고려항공기에 옮겨 타고 백두산 삼지연공항으로 향했다.

순안공항에 내리자 1997년 구호물품 지원을 위한 북경적십자회담 때 적십자회담 대표로 참여하였던 김용성 북측 민화협 부위원장이 우리의 안내단장으로 영접해 주었다. 그는 자기가 안내단장 임무가 아니었는데 필자가 관광단에 들어 있어 무엇인가 할 이야기가 있을 것 같아 자기가 단장을 맡게 되었다고 하였다. 사실인지 아닌지는 알 수 없으나 필자는 당초 방문할 예정이 없어 최초 방문자 명단에 들어 있지 않았다. 방북 이틀 전에 갑자기 추가 명단을 보내고 갔으므로 여러 면에서 분석해 보았던 것 같았다.

우리 측으로서도 이 기회에 북측과 대화할 내용이 있었다. 그것은 김대중 정부가 들어서면서 통일단체가 상호 협의하며 정보를 교환하고 통일정책에 관하여 정부에 건의하기 위한 협의체를 결성하여 운영

한다고 정권인수위원회에서 100대 과제로 정한 바 있어 이 취지에서 1998년 9월에 민족화해협력 범국민협의회가 발족되었다.

이 협의회는 보수, 진보, 중도 210여 개 단체들이 참여하여 결성된 협의회로 보수로는 재향군인회, 이북5도 자유총연맹 등 대표적인 기관들과, 진보단체로 재판 계류 중인 한총련 9기를 제외한 통일연대, 그리고 중도로는 경실련 등 시민단체가 함께 몇 달간의 산고 끝에 어렵게 결성되었다.

필자는 적십자사 사무총장 임기를 마치고 남북관계에 경험이 있다 하여 이 단체의 창설요원으로 참여하여 당시 집행위원장을 맡고 있었다. 단체가 결성된 후 2년이 지났으나 대북 창구가 없어 회원단체들의 불만이 있었으며, 북측에서는 관변 단체라는 비판도 나왔다. 2000년 6.15 남북공동선언이 있었으나 북은 이 단체에 대하여 이해하려는 기미가 보이지 않아 북에 대하여 단체에 대한 설명이 필요하던 터에 필자가 가게 된 것이었다. 이러한 상황 중 북경회담 때부터 잘 알고 있던 김용성 대표가 동행하게 되어 대화를 나누기가 쉬웠다.

더욱이 백두산에서 4일간 있으면서 천지를 비롯한 정일봉 등을 관광하고 저녁에는 숙소인 삼지연 휴양소 내에 평양에서 온 팀이 운영하는 양주코너가 있어 자연스럽게 남과 북 대화의 장이 마련되었다.

김용성 단장을 비롯한 북측 민화협 사무소장과 저녁마다 이 장소에서 우리 측 민화협의 성격과 관변이 아닌 민간단체의 협의체라는 소개도 하였고 북측 민화협 성격에 대한 여러 면의 대화를 나눌 수 있었다. 그리고 구체적인 업무협의는 연말경 북경에서 갖기로 하고 돌아왔다.

그해 연말, 우리 측 민화협의 2기가 출범하면서 한완상 상지대총장이 상임의장으로 추대되었으며 필자는 공동의장 겸 수석집행위원장으로 선임되었다.

북측의 전통으로 2000년 12월 6일 저녁 북경에서 남북 민간 차원의 만남이 있었다. 한완상 상임의장의 초청 만찬 후 우리 측에서는 필자와 이승환 민화협 사무처장, 김창수 정책실장, 북측에서는 이관익 민화협사업소장 외 2명의 대표와 남북민화협 간의 교류협력에 관한 대화를 나누었다.

귀국 후 필자는 바로 적십자특보로 자리를 옮기고, 한완상 상임의장은 교육부총리로 자리를 옮겼으나 남북 간 민간 차원의 교류의 길이 열렸다. 이후 민화협과 종교단체협의회 그리고 통일연대가 합동으로 하는 남북공동행사를 갖기로 하여 금강산과, 서울, 평양으로 오고가며 계속 이어졌다.

평양에서 열린 남북민화협합동회의(2001)

16
백두산 천지

6.15 남북공동선언 이후 백두산에는 2000년 가을 언론인 인사들이 첫 번째로, 다음으로 110명의 관광단, 그리고 2001년 8.15 민족대축제에 참가한 남측 대표단이 북측의 안내로 공식 관광을 했다.

백두산관광은 서울에서 직항로로 평양 순안공항으로, 또한 이곳에서 비행기로 삼지연비행장까지, 그리고 그곳에서 버스를 이용하여 백두산으로 갔다. 필자가 백두산에 갔던 때는 9월 23일로 한낮의 기온이 더위가 아직 가기 전이었으나, 백두산 중턱에는 벌써 눈이 쌓여, 일행이 타고 가던 20인 버스를 밀고 올라가야 했다. 산 중턱에는 나무나 풀이 전혀 없고 세찬 바람이 불었다.

백두산의 호칭은 태백산, 장백산, 개마산, 노백산 등 여러 가지로 전해 왔다. 백두산 정상의 높이는 2,744m이나 지금은 2,745m라고 했다. 1m 높아진 것은 국기 게양대를 설치했는데 밑의 콘크리트 기초공사 시설이 1m 높이로 되어 있기 때문이라고 했다. 우리 일행은 호주에서 수입하여 설치했다는 케이블카를 타고 아래쪽 천지에 내려갔다.

백두산 천지의 호수는 화구호로 오랜 세월 눈비가 녹은 물과 지하수가 고여 큰 자연 호수를 이루고 있으며, 과거 용왕담, 대담이라고 부르다가 근세에 들어 천지라고 불렀다고 하였다. 백두산 천지에는 산천어라는 물고기가 있었으며 두만강 상류에서만 살던 이 고기를 그곳에 갖다 넣었더니 잘 자라고 있다고 했으며, 고기의 크기는 손바닥만

한 크기로 이것으로 우리 일행에게 죽을 쑤어 주었다.

우리 일행이 백두산 정상에 올라갔을 때 많은 청년들이 그곳에 와 있었다. 이들은 대학생들과 군인들로 행군하여 이곳에 왔다고 하여 오는 경로에 대하여 질문을 하였다. 청년들은 혜산진역에 내려 그곳에서부터 15일간을 걸어서 이곳 정상까지 왔으며 청년들의 훈련프로그램이라고 했다.

30명 정도의 단위로 혜산진을 떠나 이곳까지 오는 동안 매일 16㎞ 정도 걸으며, 오는 길에는 중간에 숙박시설이 마련되어 있고 일제와 싸웠던 유격대의 유적지와 김정일 국방위원장의 생가와 정일봉 그리고 유격대사령부 등을 방문하여 안내원의 설명과 필요한 학습을 받으며 행군한다고 했다. 우리가 어느 암실 같은 방에 들어갔을 때 그 방에 유리로 보호하고 있는 두 그루의 큰 나무가 소개되었고 그 나무에 "김 장군"이라는 글자가 형광빛으로 비춰지고 있었다. 이 나무의 형광빛은 인위적인 것이 아니라 수십 년 전부터 자연스럽게 나타났다고 안내원이 우리에게 열심히 설명했다.

우리는 백두산 부근의 유적지 대홍단에 안내 받았다. 이곳에서만 자란다는 들쭉이 많이 자라고 있었고 백두산 들쭉술은 이것을 원료로 만든다고 하였으며, 인근에서는 대부분 감자농사를 짓고 살았다.

백두산의 많은 지역이 밀림으로 울창한 나무들이 있으나 일제가 오래된 나무들은 모두 베어가고 다시 심은 70여 년 정도 된 나무들이었고, 백두산 동북쪽에서 시작되는 두만강의 상류는 폭이 좁아 독립군들이 백두산에서 활동하다가 일본군의 공격을 받으면 큰 나무 하나를 잘라 넘어뜨리면 다리로 삼아 중국 땅으로 넘어갈 수 있는 좁은 폭의 강폭도 있었다.

우리 일행이 안내된 압록강의 발원지인 백두산 남쪽 이화폭포는 특이한 곳이었다. 산중턱에서 물이 솟아 아래로 흘렀으며 물이 솟는 곳이 3㎞ 이상이나 된다고 했다. 폭포라고 하여 높은 곳에서 흐르는 것이 아니라 1~2m 정도에서 흘러내렸다. 이 조그마한 폭포수를 이용하여 4k 정도 생산되는 발전소를 가동했으며, 1평 정도 되는 방의 시설이었으나 이곳에서 생산되는 전력으로 20여 호의 가구에 전력을 공급한다고 하였다.

　　북측은 전력 사정이 좋지 않아 시냇물이 조금만 편차가 있는 곳이면 작은 발전시설을 설치하여 운영하고 있다고 했다.

　　백두산의 여러 지역들은 성지순례장으로 이용되고 있는 곳이므로 누구든지 조심스럽게 행동하여야 하는 곳임을 알고 산행해야 하는 곳이기도 하다.

백두산 천지 물가에서

17

금강산 상봉행사

이산가족 상봉행사를 금강산에서 할 때마다 비애를 느낀다. 이산가족 금강산 상봉행사는 2001년 4차부터 2018년 21차까지 진행됐다. 이산가족들은 이곳에 오면 처음에는 긴장과 흥분 속에 있게 되며, 5분 후부터는 눈물로 지내다가 차마 떨어지지 않는 발걸음을 돌려야 한다.

6.15 남북공동선언 이후 1차에서 3차까지는 서울과 평양을 동시에 교차하며 상봉행사를 가졌으나, 4차부터 북측이 서울, 평양 방문을 꺼려 금강산에서 하게 되었다. 교통편은 4차와 5차는 동해항에서 선편 설봉호으로 북측의 장전항으로 갔으나, 6차부터는 고성에서 버스를 이용하여 금강산으로 이동했다.

오고 가는 길이 멀어도 그나마 이곳에서 상봉할 수 있는 기회를 얻은 이산가족은 정말 행운이라고 하겠다. 지금 적십자사에 상봉을 희망하여 신청한 가족은 13만 명에 이르고 있다. 이 중 신청해 놓고 세상을 하직하신 분이 7만여 명에 이르고 6만여 명 중에서 100명이 만나는 인원에 포함되었다고 하는 것은 쉬운 일이 아닌 것이다.

적십자 인선위원회에서 대상자를 선정함은 1차 기준으로 80세 이상 60%, 70대 25%, 60대 15%로 정하고, 2차 기준으로 직계 존·비속, 배우자로 하고, 형제자매, 3촌 이내의 가족으로 하여 컴퓨터로 추첨한다. 이외에 납북자가족협회와 국군포로가족협회에서 추천된 가족들을 포함하여 1차로 300명을 선정, 이분들의 건강상태를 검진하여 이 중 200명의 명단과 이분들이 찾고 싶은 가족, 친척의 명단을 작성하여 북측에 보낸다. 200명과 함께 보낸 가족 수는 매회 대략 1,500여 명으로 이분들의 생사가 확인되어야만 통보가 오게 된다.

우리 측도 마찬가지로 북에서 찾고자 하는 가족들의 생사를 확인하여 통보한다. 그러므로 한 번 이산가족 상봉행사를 하면 상당한 인원의 생사가 확인된다. 100명의 선정은 통보가 온 200명 중에서 처음에 선발기준을 다시 적용하여 선정하여 10여 일 전에 북측에 보내며 이분들은 상봉준비를 하여 금강산에 가서 그립던 가족을 만나게 된다.

그러므로 이 과정을 거쳐 선발된다고 하는 것은 커다란 행운이라고 하겠다. 일부 혹자들은 특혜를 가지고 선발되는 분들이 있지 않나 의심하여 항의하는 이도 있으나, 단 한 명의 특혜도 없이 공정하게 적십자사는 업무처리를 하고 있다. 전직 총재도 신청하고 상봉을 못 하고 세상 떠나신 분도 계시다.

이런 과정을 거쳐 어렵게 선정되면 금강산행사 하루 전 오후에 속초에 정한 숙소에 집결하여 적십자사 봉사원들의 안내로 다음 날 아침 일찍 차량으로 동해 남측 출입심사사무소를 통과하여 휴전선을 넘어 북측 지역에 가게 되며, 북측 출입심사사무소에서 마치 공항에서와 같이 출입절차에 의한 사증검열을 받고 출입증을 확인 받아 금강산에 가게 된다. 도착한 오후에는 1일차 첫 번째 상봉을 하게 되며 지정된 번호에 앉아 있으면 상대측 상봉가족이 찾아와서 앉게 된다. 첫 상봉에서는 서로 긴장하여 웃지도 않고 쳐다보며 몇 가지 말을 건넨다. 고향의 산하를 묻고, 서로가 옛날 일들 중 기억할 만한 사건들을 물어 확인하고 난 후에 "아! 너로구나!" 하면서 붙잡고 울음바다를 이루게 된다. 처음 5분 정도 조용하던 상봉장은 흐느낌과 눈물, "이것이 얼마만인가?" "정말 꿈속에서도 너를 잊지 못하고 보고 싶었다."고 하는 한탄스러운 목소리가 여기저기에서 터져 나오게 된다.

이후 적십자사에서 초대하는 만찬행사, 개별상봉, 다음날 오후 삼일포 공동야외상봉을 하게 되며, 3일째 오전 헤어져야 하는 작별상봉 현장은 안타까움과 절규의 시간이다. 50년이 넘게 기다렸던 짧은 만남의 시간, 다시 기약 없는 헤어짐에 많은 이산가족들은 "괜히 왔어!" "괜히 왔어!" 얼마나 답답하면 이 말만 연속으로 할까? 절규! 또 절규! 그리고 흐느낌! "이 몹쓸 한반도!", "어찌하여 우리가 이렇게 되었단 말인가!" 이 시간에는 이산가족뿐만이 아니라 안내원 모두, 취재를 하고 있는 기자들까지도 눈물을 흘리게 된다.

상봉가족 중에 조심스러운 분들은 납북자 가족과 국군포로 가족상봉이다. 우리 측 가족들은 "어떻게 방북하게 되었는가?"하고 물으면 본인들은 자의로 방북하여 잘 지내고 있다고 소리 높여 외치며, "왜 남측에서 우리를 정치적으로 이용하는가?"하고 항의성 발언을 하기 때문이다. 이에 우리 가족 측에서도 더 이상 이 이야기를 하기가 어려운 현장이 된다.

금강산 상봉장에서 안내를 맡은 이나 기자단이 늘 조심하여야 하는 부분은 북측을 자극하는 언어나 행동을 보이지 않도록 각별히 신경을 써야 한다는 것이다. 한 가지만 잘못되어도 행사가 중단되거나 지연될 수가 있기 때문이다. 지금까지 행사하는 동안 몇 차례 이런 일이 있어 어렵게 그 고비를 넘기기도 하였다.

이런 북측의 고자세를 감수하면서도 남측이 상봉행사를 한 번이라도 더 하자고 간곡히 부탁해 가면서 이루어지는 행사가 금강산 상봉

행사이다. 애타게 순서를 기다리는 많은 분들을 위하여서는 면회소가
건설되어 상봉이 정례화되며 자유왕래가 실현되는 그날이 하루빨리
와야 할 것이다.

이산가족 상봉 후 환송

18

금강산 촛불만찬

2000년 6.15 남북공동선언 이후 시작된 남북이산가족 상봉교환 3차 행사를 하기 위한 적십자회담이 2001년 1월 29일부터 금강산에서 있었다. 필자가 남측 수석대표로 참여하였고 북측은 김경락이 단장이 참석했다. 그는 포르트갈 대사를 지낸 외교관 출신으로 1차 회담 북측 단장보다 대결적인 모습을 보이지는 않았다.

1월의 금강산 기후는 매우 추워 영하 15도라고 했다. 그동안 사용하지 않던 금강산 여관에서 회의를 하게 되자 그 당일에 난방을 시작했다고 했다. 12층 건물, 영하 기온에 당일 난방으로는 전혀 온기가 없는 상태에서 첫날 회의를 시작하여 북에서 첫 발언을 하고 우리 측이 두 번째 발언을 하게 되었다. 실내 온도가 영하였기에 첫 발언을 하는 동안 너무나 손이 시려워 발언문 다음 페이지를 넘기기도 어려웠고, 입이 굳어 말도 잘 나오지 않았다. 이런 상태로는 회의를 진행할 수 없으니 "휴식시간을 가집시다."라고 하여 약간의 난방 조치를 취한 후 회의를 계속하였다.

이 회의에서 2월 말부터 이산가족 3차 방문단 일정과 1월과 2월에 생사 확인 100명씩, 3월에 서신 교환 300명씩 실시하기로 합의하였으며, 북측은 1차에서 보낸 비전향 장기수 63명 외 추가로 잔여자를 보내 줄 것을 요구하였으며, 우리 측은 면회소를 금강산과 서부 지역에 설치 운영하자고 하는 것과 납북자와 국군포로들에 대한 생사주소 확인을 요구하였으나 면회소와 납북자 문제들은 해결을 보지 못하고 저녁 만찬을 하게 되었다. 남북회담 시의 만찬은 관례상 첫날은 초청 지역 측에서, 다음 날에는 상대측에서 마련하게 되며, 회담에서 공식적인 대화로 어색한 분위기가 있었더라도 만찬시간에는 상당히 자연스러운 분위기에서 대화를 나누게 된다.

또한 만찬에는 상황실 근무자를 제외한 대표단과 회담 참여 기자단까지 함께 참여하게 되므로 그 자리에서 회담의 전망이나 상대측 전략을 어느 정도 간파하게 된다.

금강산에서 마련된 만찬은 북측 초청이나 남측 초청이나 대부분 북측에서 음식을 준비하게 되며 남측 초청의 경우는 그 비용을 북측에 제공하게 된다.

최근에는 금강산 지역 전력 사정이 많이 좋아졌으나 2001년 1월에 열렸던 북측 주최 만찬에서 막 만찬이 시작되려고 하는데 전기가 나가 버렸다. 근 10여 분 캄캄하게 기다려도 전기가 들어오지 않아 급히 초를 준비하여 촛불을 켜 놓고 만찬을 진행하게 된 것이다. 그리하여 남북회담 역사에 처음으로 촛불만찬이라는 기록을 남기게 되었다. 이후 두서너 차례 전기가 10여 분씩 오락가락하기도 하였다. 이런 일이 일어났으나 함께 만찬에 참여하였던 기자단은 다음 날 간단하게 이런 기사를 서울로 송고하였다고 한다. 그런데 서울에서 그 기사에 대한 사진을 보내라고 연락이 왔으나 그날 저녁 만찬 시에 그러한 일이 벌어지리라고는 생각하지 않아 기록 촬영을 하지 않았다고 한다. 찍지 않은 사진을 보내 달라고 하여 아주 난감했다고 하였다. 회담에 참여하는 기자단의 입장도 때때로 어려움이 많다. 회담 진행에 좋지 않을 영향을 줄 수 있는 부분에 대하여 대표단에서 기사가 되지 않도록 부탁하는 경우가 자주 있다. 그 경우 우리 측 기자단에서는 현지 분위기를 이해하여 기사화하지 않는데 북측에서 먼저 발표해 버리면 서울의 기자실에서 그 사실을 알고 왜 기사를 보내지 않았느냐고 추궁을 받게 된다고 한다.

회담이 진행되는 동안에는 대표단도 기자단도 만찬에 좋은 음식을 차려 놓아도 회담과 기사에 대한 생각으로 늘 맛없는 식사를 하게 되는 것이 남북회담에서의 만찬행사이다.

그러나 국민들이 TV를 보면서 만찬 장면의 화면을 보고는 회담 때는 잘 먹고 잘 지내는구나 생각하는 것 같아 송구스러운 마음을 대표들은 늘 가진다. 그것도 회담 결과가 좋을 때는 괜찮지만 결과가 좋지 않을 때는 더욱 그렇다.

남북적십자 상봉행사 대표단

19

금강산 면회소 건설

남북적십자사 간 이산가족들이 자유롭게 상봉할 수 있는 면회소를 건설하여 운영하자는 제의를 1972년 적십자본회담을 할 때부터 남측이 제의하였으나 좀처럼 합의를 이루지 못하였다.

면회소가 건설되면 이산가족의 생사 확인의 범위가 넓어지고 상봉은 정례화할 수 있다는 데 의의를 두고 남측은 계속 주장했었다.

이렇게 오랫동안 주장했던 면회소는 2002년 9월 금강산에서 열린 남북적십자사 제4차 회담에서 합의되었다.

합의를 이루는 과정에서 가장 큰 차이점은 지역과 규모 문제였다. 우리 측은 면회소의 서부 지역 설치를 희망하고 규모에 대하여 일정한 시설에서 상봉하고 숙소는 각자 자기 측 지역에서 가서 자도록 하는 방식을 오래전부터 생각하고 있었다. 그러나 금강산에 면회소를 건설한다는 데 합의하고 난 북측은 우리와 전혀 다른 주장을 하였다. 북측은 이산가족 상봉장과 숙소, 회의실, 사무실, 그리고 남북이 종종 합동으로 여는 통일행사를 위한 대규모 강당까지 포함한 큰 시설을 건설하자고 하였다.

그 동안 금강산에서 이산가족행사를 할 경우 이산가족과 지원 인원, 안내원 등 1천여 명이 그 지역에서 숙식을 하고 있었던 점을 감안하고, 경의선이 개통되면 서부 지역에도 면회소를 건설하기로 한 우리 주장을 북측이 긍정적으로 받아들인 것을 감안, 면회소 규모를 "1천 명 정도

면회소 설치 합의

가 숙식을 할 수 있는 규모로 한다."는 데 합의하였다. 그리고 구체적인 것은 실무대표회의에서 협의 결정하도록 하고 합의서 서명하였다.

실무회의에서도 북이 큰 규모를 주장하여 좀처럼 진전이 되지 않았다. 숙소 내용 면에 있어서도 우리 측은 이산가족들이 같이 숙식을 할 수 있는 콘도형을 설명하였으나 북측은 이를 이해하지 못하고 2명씩 숙박하는 호텔식 객실을 주장하였으며, 우리 측은 콘도형을 하여야 한 가족들이 함께 숙식을 할 수 있다는 깃을 이해시켜 결국 "가정식 방"이라는 새로운 용어를 만들어 냈다.

크기로는 지하 1층 지상 12층 규모이며 3층으로 된 면회소사무소 2채, 호텔구조 숙소 78실, 가정식 방 128실로 총 206실을 건설하기로 하였다. 또한 공사자재는 남측에서 전량 제공하며 인력은 북측에서 지원하고 건설 후 관리는 대한적십자사가 운영하도록 합의하고 지질 조사를 거쳐 2005년 8월 31일에 기공식을 가졌으며 공사는 2009년에 준공하였다.

이산가족면회소가 지어졌으므로 이산가족 상봉이 잘 이루어져야 할 것이나 아직까지 원활하지 못하고 있음에 안타까운 심정이다. 한편 경의선이 개통되면 서부 지역에도 당일로 만날 수 있는 면회소가 운영되어야 할 것이다.

20

화상 상봉이 실현되다

6.15 남북공동선언 5주년 기념행사가 2005년 6월 15일 평양에서 진행되었다. 우리 측 정부대표단의 단장으로 정동영 통일부장관이 맡아 방북하였다. 이 기간 중 정 장관은 김정일 국방위원장을 만나 그동안 적십자사에서 북측에 수차례 제의하였던 이산가족 화상 상봉을 제의하여 8.15에 이산가족 화상 상봉을 실시하자는 데 합의하고 개성에서 기술 실무진회의를 몇 차례 가진 후 화상 상봉을 실현할 수 있게 되었다.

화상 상봉의 통신시설은 북측에서 준비하고, 남측에서는 상봉시스템설치와 운영, 방송중계 지원 등 기술적인 것을 KT가 맡았다. 8월 5일부터 근 200여 명의 기술진이 동원되어 설치장소로는 적십자사 본사, 부산, 인천, 수원, 춘천, 대전, 대구, 광주지사에 마련된 상봉장에 상근하며 기술점검과 시험통화를 하였으며 8월 12일에는 한완상 총재와 부산지사장 간의 실험통화도 하였다. 또한 15일 아침에는 남북적십자사 총재 간 인사말 통화도 한 후 역사적인 화상 상봉이 이루어지게 되었다.

상봉 규모는 남북이 각각 20가구씩, 총 40가족으로 하며, 오전 8시부터 한 번에 10가족씩, 오전 20가족, 오후 20가족 기준으로 상봉하며 기술적 보장을 위하여 진행요원 1명이 배치될 수 있도록 하였으며 서울 평양 간 2회선의 직통전화를 설치하여 행정상 필요한 연락을 하며 실행되었다.

남측의 1차 상봉 대상자는 주로 90세 이상인 고령자를 위주로 하였으며 당일 최고령자로는 100세인 할머니로 북의 47세 된 손자와 손자며느리와 화상 상봉을 하였다. 이날 226명의 가족들이 화상 상봉하였으며, 이후 2차로 11월 24일과 25일 40가구 333명이, 이후 모두 7번이 이루어져 557가구 3,748명의 화상 상봉이 실현되었다. 우리 측은 비록 직접 상봉은 하지 못하는 아쉬움은 있으나 이렇게라도 계속적으로 이어져 생사 확인하고 화면이나마 볼 수 있기를 바라고 있다.

21
아리랑 공연

2007년 민화협은 우리 측 산림조합의 협조로 북의 지역에 산림녹화를 위한 공동식목행사를 2007년 4월 27일부터 2박 3일간 평양근교 중화양묘장에서 가지기로 하여 남측 인사 120여 명이 방북하였다.

한편 이 행사는 2006년도 4월 개성 선죽교 지역에서 공동으로 가진바 있어 남북 간에 비정치적인 성격을 가진 연례행사로 이루어졌다.

우리 측에서는 국회의원으로 정의화, 박계동 한나라당 의원과 민주당의 문희상, 배기선, 강영숙, 지병원, 강성종 의원과 우리 멤버로 김용구 회장과 채택병 회장 그리고 내가 한 조가 되어 함께 다녔다.

중원양묘상은 우리 측에서 10억 원 들여 비닐하우스를 짓고 우물도 마련하였으며 농기계 등도 이미 지원하여 식목행사는 하루에 끝내고 저녁에는 숙소인 양강도 호텔에서 환영행사 등이 있었다.

마침 그 시기는 북측의 아리랑 공연이 있는 시기로 우리 일행은 1백여 불씩 지불하고 능나도 5.1 체육관에 7시경에 도착하여 어둠이 드리워지기 시작하자 공연이 시작되었다.

나는 1972년도 9월에 모란봉 운동장에서 집단공연을 본 일이 있어그때와 비교하며 관람하였는데 그 규모가 배나 컸으며 인력도 만여 명이 동원되는 공연이었다. 이번 공연에서는 마스게임과 카드섹션에 영상까지 연결지었으므로 움직이는 양이 상당히 많은 공연이었다. 더욱이 서커스단까지 동원하여 공중에서 서커스를 하는 장면이 연출되었다. 때때로 공중에서 떨어지는 장면이 있어 실수한 것으로 보았더니 밑에 받침 그물로 연결되어 실수가 아닌 공연 장면의 한 부분이였다. 더욱이 놀란 것은 10여 살 된 어린 학생 수천 명이 한 학생도 틀리지 않고 텀블링을 기계처럼 하는 장면이었다.

그 장소에는 외국 사람도 많이 와 있었으며 세계 어디에서도 볼 수 없는 대공연이라고 감탄하였다. 그러나 저 어린 학생들 수천 명이 기계처럼 움직이는 것을 볼 때 몹시 측은하였다. 얼마나 연습을 했으면 저렇게까지 할 수 있을까 하는 생각과 우리 사회에서는 상상도 할 수 없을 동원행사로 사회주의에서나 할 수 있는 일이라 생각되었다.

돌아오면서 우리 일행 모두는 이구동성으로 아리랑 공연은 장관인데 좀 불쌍한 생각이 든다고 말하며 현장을 나왔다.

외화벌이를 위하여 마련한 공연이라고 설명했으나 그 막대한 시설과 공연준비는 투자한 예산과 시간을 생각한다면 아무리 계산하여도 수지를 맞출 수는 없을 것 같았다.

22

한반도 핵 문제

남북 간에 반드시 해결되어야 할 문제는 핵이다. 어떤 이유에서든지 남북 간 핵 문제가 해결되지 않는 한 긴장이 연속이 될 수밖에 없다.

한반도에서 핵을 갖지 말자고 제의한 것은 먼저 1991년 7월 30일 북측이었다. 북측의 '한반도 비핵지대화 공동선언' 발표를 제의하여 1992년 1월 20일 남측의 정원식 국무총리와 북측의 연형묵 정무원총리 간에 다음과 같은 요지의 내용을 합의한 바 있다. "남과 북은 한반도를 비핵화함으로써 핵전쟁 위협을 제거하고 우리나라의 평화와 평화통일에 유리한 조건과 환경을 조성하며 아세아와 세계의 평화와 안전에 이바지하기 위하여 다음의 선언을 한다."고 공동발표하고, 그 내용으로는 "남북은 핵무기의 시험, 제조, 생산, 접수, 보유, 저장, 배비, 사용을 하지 아니한다. 또한 평화적 목적으로만 사용하여 핵 처리시설, 우라늄 농축시설을 보유하지 아니한다. 그리고 이러한 내용을 잘 지키기 위해 남북 핵 통제 공동위원회를 두어 핵 문제를 통제하고 검증하도록 한다."고 합의하였다.

북측은 1991년 남북비핵화선언을 주장하면서도 당시에 이미 연변 지역에 상당한 원자핵 원료를 생산할 수 있는 시설을 갖추고 있었음이 직·간접으로 입수된 사진들에 의해 확인되었다.

당시의 사진을 통한 연변시설 규모는 이미 1980년대 초부터 시작된 시설이라고 전문가들은 평가했다. 1977년 3월 카터 대통령이 "5년

내에 주한미군을 철수할 것이며, 이를 대체할 수 있는 군사력을 확보할 것이다."라고 발표하고 '78 팀 스피리트 한미합동훈련'을 남에서 사상최대 규모로 미군이 참여한 가운데 가졌다. 이에 북측은 모든 회담에서 팀 스피리트 훈련 중단을 주장하였으며 1985년 남북적십자회담으로 남측이 개성에서 기차로 평양을 가고 오는 동안 북측 대표단과 수행원들은 남쪽에 핵이 있는지를 집요하게 질문했었다.

돌이켜보면 1985년도 이전에 이미 북이 핵을 가져야겠다는 의도를 갖고 준비했었다고 추측된다.

1990년대 초 남북 간 기본합의서를 발표하고 한반도 평화 정착을 위해 다방면으로 회담이 진행되었으나 한반도 비핵화 문제가 해결되지 않아 모든 회담이 중단되었다. 모든 회담의 중단은 결국 남북 간 화해협력의 중단을 의미하게 된다.

2000년 6.15 남북공동선언이 이루어져 남북 간 교류협력이 다방면으로 이루어졌음에도 이 문제는 아직 해결되지 못하고 있다. 6.15 남북 공동선언에서도 민족화합, 통일의 그날까지 평화공존, 다방면적 남북교류, 인도적 문제 해결 등의 내용에 합의하고 공동선언이 되었지만 남북 핵 문제에 대한 내용의 문구는 없다. 다시 말해 이 문제는 남북 간 많은 토론이 있었으나 확실한 의견이 조율되지 않았으며 이로써 문안을 포함시키지 못했다고 하겠다.

2018년 4월 문재인 대통령과 김정은 국무위원장은 정상회담을 갖고 비핵화에 합의하였으며 그해 6월에는 트럼프 미국 대통령과 김정은 위원장 간의 정상회담에서도 비핵화가 합의되었다. 이 약속들이 잘 지켜지기를 온 국민은 바라고 있다.

남북 간의 핵 문제는 정치적이고 정권적인 차원의 문제가 아니라 한반도에 있어서 우리와 우리 후손들의 생존권 문제이므로 어떠한 경우에도 한반도 모든 지역에서 제거되고 그 방법이 평화적으로 해결되어야 만이 이 땅에 평화가 정착될 수 있을 것이다.

23
54년 만에 가 본 흥남

고향을 떠난 지 54년 만인 2004년 6월 15일 비료를 실은 배를 타고 필자는 흥남 부두에 닿았다.

1950년 12월 21일, 영하 15도의 매서운 날씨에 10만여 명의 사람들이 흥남 부두에 줄을 서서 있다가 배가 준비되지 않았다는 소식이 전해지면 알지도 못하는 아무 집에 들어가 쉬다가 다시 배가 왔다 하는 소식이 전해지면 나와서 줄 서기를 수없이 한 후 어디로 가는지도 모르면서 미군 L.S.T.를 탔다.

어디로 가는지 아무도 모르기에 원산에 간다, 속초에 간다 등 여러 이야기들이 분분한 가운데 배가 드디어 떠났다. 필자는 당시 11살이었고 54년 만에 떠났던 부두에 닿으면서 그 춥고 혼란스러웠던 기억을 되새기며 주변 산천들을 보는 심정은 참으로 말할 수 없는 감회가 깊이 서려 왔다.

1950년 12월 7일 북청 역에서 지붕도 없는 화물열차 맨 끝자락에 겨우 안기어 퇴조 역에 하차한 후, 같은 마을에서 한 교회 교우들로 가까이 지내던 30여 명의 어른들과 함께 이리저리 걸식을 하고 며칠을 아무데서나 자며 흥남 부두까지 오게 된 것이다. 일행 중에 가장 어렸던 필자는 어른들 틈에 끼어 어떻게 돌아가는 상황인지도 모르며 지낸 흥남 지역의 산하들을 다시 보게 된 것이다.

이곳에 온 피난민들은 흥남 지역 일대가 이미 중공군에 의하여 포위되어 계속되는 미군 폭격기들의 폭격과 쌍방 전투로 고립된 지역이 되어 돌아갈 수도 없고 앞은 바다로 막혀 장래가 막막한 상황에서 나날을 보내고 있었다. 나중에 안 이야기지만 당시 미 10군단 아몬드 Edward Almond 소장의 민사부통역고문으로 있던 현봉학 씨가 간곡히 호소하여 피난민 수송을 위해 군용 수송선 LST와 미국 상선 메러디스 빅토리아호 등 11척이 마련되었다고 한다. 철수해야 할 미군과 한국군 군인보다 더 많은 피난민이었기에 미군 측에서는 수송할 수 없다는 것을 어렵게 설득하여 겨우 마련된 배였다는 것이다.

이렇게 떠난 이곳에 다시 와 보고 참으로 안타까운 것은 우리가 떠나올 때 그 유명하던 흥남 비료공장이 전쟁 폭격으로 건물 형체만 남았는데 54년이 넘은 지금도 앙상한 형태 그대로 남아 있었고, 굴뚝 10개 중 단 하나의 굴뚝에서만이 비료를 생산하는 연기가 나오고 있었다는 것이다. 그곳 이야기로는 전후 다소 수리하여 사용하였으나 이제 생산이 불가한 상태라 공장 전부를 파괴시키는 중이라고 했다.

이성계 생가 함흥본궁

그렇다고 재건축할 계획도 없고 다만 지금 가동 중인 한 곳에서만 비료를 생산한다고 하였다. 우리 일행은 5층 아파트로 연결된 흥남 시내를 지나 서호 언덕을 넘어 마전 휴양소에 마련된 숙소로 향했다.

54년 전의 기차역과 자동차도로는 4차선으로 확장되어 시멘트 포장이 되어 있었고, 양쪽에 5층으로 된 아파트들이 있었다. 추위에 떨면서 지냈던 마전 초등학교는 그 건물 그대로인 것 같았다. 마전은 이름 있는 해수욕장으로 독립가옥으로 된 40여 채의 집과 대형 휴게소가 지어져 있는 휴양지로 여러 가지 시설이 갖추어져 있어 유엔 산하기구인 WFP세계식량계획 요원들과 국제 장애인Handicapper협회 요원 등 국제기구 요원들이 상주하는 곳으로 경관이 매우 좋았으며, 우리가 지내는 동안에도 정성을 다하여 대접해 주었다.

비료를 하역하는 동안 이성계가 생활했다는 '함흥본궁'을 가 보았다. 그곳은 복원하여 잘 관리되고 있었고 옆으로만 자란다는 400여 년 되었다는 특이한 소나무가 있었다. 이 소나무를 살리기 위해 많은 정성을 들이고 있다고 했다.

함흥 시내에는 6차선으로 연결된 통남로通南路가 있었고 5층과 7층 아파트가 양쪽에 연결되어 있었다. 흥남과 함흥의 가장 큰 문제는 전기 부족과 난방시설이 매우 열악한 상태로, 아파트 호별로 구공탄도 아닌 석탄을 사용한다고 했고 검은 연기로 시내가 밝지 않았다. 함흥 시내의 과거 반룡산은 '동흥산'이라 불렸고, 동산 중앙에 대형 주석의 동산이 세워져 있었다. 우리 일행이 그곳에 갔을 때, 세 쌍의 신혼부부가 참배하고 있었으며 그들이 말하기를 결혼식을 올리고 나면 가족과 함께 제일 먼저 이곳에 와서 인사를 드린다고 하였다.

반룡산 오른쪽 언덕에 지어진 정자에서 성천강을 건너는 폭 4차선 25m에 길이 500m가 되는 만세교지금은 '성천교'라 함가 보였고, 북쪽에 두 번째로 크다는 높이 42m, 객석 2,500석의 예술종합관 건물이 시내 좌측에 높이 솟아 있었다. 또한 윤관 장군이 세웠다는 '구천각'도 잘 보존되어 이곳에 온 관람객들이 볼 수 있도록 정비되어 있었다. 반룡산 공원 우측에 2층으로 된 신흥장이라는 함흥냉면 전문음식점이 운영되고 있었으며 바로 이어서 8층으로 지어진 신흥산 여관이 있었다. 함경남도에서 하나밖에 없는 국제호텔이라고 하였으며 국제전화를 할 수 있고 외화로 물건을 살 수 있는 곳으로 외국인들을 상대한다고 하였다. 방 값은 하루 56유로Euro, 한화 8만 원 정도이며, 달러와 유로화의 잔돈 교환도 가능한 곳이었다.

3일간의 비료 하역을 마치고 돌아오면서 우리가 타고 간 배의 선장께서 흥남 부두는 수십 년 간 준설도 되지 않은 상태이며 정화되지 않은 폐수가 장기간 방치되어 좀 더 있으면 항구 주위에서는 어떤 바닷고기도 살 수 없을 것이며 조속히 보수 조치하지 않으면 폐항될 수도 있다고 걱정하는 말을 우리에게 하였다. 북측의 도선사는 우리에게 흥남 부두를 살리는 일은 매우 중요한 일이건만 재정적으로 어려워 방치상태라고 하면서 걱정하였다. 북측의 경제개혁이 빨리 이루어져 이 부두가 제대로 기능을 하게 수리 되어야 후손들이 편히 살 수 있을 터인데 하는 걱정으로 아픈 마음을 가지고 그곳을 떠났다.

24

33년 남북적십자회담 현장을 떠나며

남북관계 업무를 담당하게 되면 기자단과는 자주 접촉하며 지내게 된다. 회담을 할 때마다 취재기자단이 동행하게 되며, 어느 쪽이 초청하든지 만찬에는 자리를 함께하게도 한다. 이러한 인연으로 필자가 남북회담업무를 떠나게 된다 하여 연합뉴스 장용훈 기자, 중앙일보 이영종 기자, 동아일보 김승련 기자, 한국일보 남경옥 기자, 그리고 한겨레신문, 국민일보 등 통일부에 출입하는 여러 기자들이 일간지에 내 기사를 썼다.

그 동안 회담 있을 때마다 자주 기자단장으로 취재를 맡았던 조선일보 김인구 기자를 비롯한 방송사 김현경, 김희선 기자와 신문기자들이 남북회담과 적십자 사업 수행에 많은 협조를 하여 주신 데 대하여 이렇게나마 감사인사를 드리며, 떠남에 그분들이 수록해준 기사 내용을 이 책자에 다시 한 번 적어 두고자 한다.

"30년 넘게 이산가족과 인도적 사업을 놓고 북측과 대화해 왔는데 아쉽지만 이제는 후배들에게 길을 비켜 주어야죠. 2~3년이면 다 해결될 줄 알았는데 33년을 흘려보내고도 이산가족 문제를 풀지 못한 채 떠나게 됐습니다."

대한적십자사 총재특보를 끝으로 지난달 31일 남북적십자회담 현장을 떠난 이병웅 씨64는 이런 말로 아쉬움을 대신했다. 30세 때인

1971년 8월 판문점에서 열린 남북적십자 간 첫 파견원 접촉 때 수행원으로 참여한 것을 시작으로 적십자회담 수석대표까지 지낸 그는 '남북적십자 관계의 산증인'으로 통한다.

이 전 특보는 "지난해 11월 남북이 합의한 금강산 이산가족면회소가 아직 착공조차 못하고 있는 게 제일 아쉽다."며 "이산가족과 납북자, 국군포로의 한을 풀려고 열심히 뛰었지만 더 잘했으면 하는 후회도 있다." 고 말했다.

이 전 특보는 늘 웃는 얼굴로 부드러운 인상을 준다. 하지만 남북회담장에서는 원칙주의자로 깊은 인상을 남겼다. 1998년 3월 베이징北京 적십자대표 접촉 때 옥수수 지원 문제를 논의하는 자리에서 북측이 터무니없는 요구를 하자, 그는 인민들이 굶어 죽는데 그런 허튼소리나 하려면 돌아가라고 으름장을 놓아 북측 요구를 일축했다.

그는 지난해 사망한 박영수 전 조평통 서기국 부국장을 가장 기억에 남는 북측 인물로 꼽았다. 1985년부터 적십자회담의 대표로 함께 일했고, 1992년 판문점 회담 때는 수석대표로 만났기 때문이다. '서울 불바다' 발언을 계기로 강성 인물로 인식된 박영수는 한 회담장에서 이 전 특보에게 '그런 뜻으로 말한 게 아닌데 남측에서 날 너무 나쁜 사람으로 생각하더라.'며 속내를 털어놓았다고 한다.

한적을 떠나는 이 전 특보는 이제 평생 몸으로 느껴온 '적십자의 봉사 이념'을 젊은이들에게 전해 주고자 서산에 있는 한서대 전임교수를 맡았다.

그는 "남북회담이나 교류협력에 기여할 일이 있으면 언제든지 현장에 달려갈 것"이라 말했으며, 민간단체의 모임인 남북이산가족교류협의회 회장으로서 그동안 쌓아 온 이산가족 문제에 대한 노하우를 나눠주는 역할도 계획하고 있다.

1992년부터 1998년까지 몸담아 온 한적의 사무총장으로 퇴직한 뒤, 민족화해협의회 창립 멤버로 일해 온 이 전 특보는 2001년 1월부터 총재특보로 남북정상회담 이후 열 차례의 이산가족 상봉행사를 치러 냈고, 적십자회담 수석대표로 면회소 합의를 이끌어 내기도 했다.

25
우리는 하나다

최근 남과 북의 만남에는 "우리는 하나다"라는 표현을 자주 사용한다. 1970년대 회담 초기 북측은 "조선은 하나다"라는 표현을 자주 썼으며 그것은 통일의 노래와 함께 늘 외치던 표어다.

그러나 "우리는 하나다"라는 표어를 써서는 안 되는 때도 있었다. 1992년 5월 남북고위급 제7차 회담이 서울에서 열었다. 북측에서 온 대표단을 위한 환영만찬이 정원식 국무총리 초청으로 서울 힐튼호텔에서 열렸다. 우리 좌석에 나와 우리 부처 차관과 황신혜 연예인이 앉았고 북측 인사로는 노동신문 편집국장과 북측 대표, 그리고 조평통 위원이 자리를 함께했다.

그 전 해인 1991년 12월 13일 남북기본합의서가 채택된 이후의 회담이어서 전체 분위기가 화기애애한 가운데 양측 수석대표의 인사말과 건배 제의를 하고 난 후 둘러 앉은 식탁마다 여기저기서 "통일을 위하여" "건강을 위하여" 하면서 만찬이 시작되었다. 그런데 우리 식탁에서 돌발사태가 일어났다. 우리 측 정부 인사께서 "우리는 하나다"라고 건배 제의를 하자 북측의 노동신문 편집국장이 벌떡 일어나 큰 소리로 "우리를 흡수통일 하겠다는 소리냐"라고 외치며 말에 대한 시비가 붙었다. 우리 측 인사는 "통일을 원치 않는 것이냐?" 라고 언성을 높였고 북측은 의도된 발언이니 용서할 수 없다고 외치며 언성이 높아졌다. 만찬장 전체에 웬 소란인지 하여 의아해 하면서 모든 시선이 우리 식탁 쪽으로 집중되었다.

그즈음 북측은 "우리는 하나다"라는 표현을 쓰지 않았다. 1990년 7월 1일 독일이 흡수 통일 되자 이 표어가 북측으로서는 상당히 자극적인 발언으로 민감한 술어가 되었기 때문이다. 북측은 손님이고 하여 함께 앉아 있기가 안 되어서 내가 우리 측 인사를 다른 자리에 앉아 계신 분과 바꾸어 앉도록 양해를 구하여 진정되었고, 이야기를 나누던 중 황신혜 연예인이 "우리 아버지 고향이 원산"이라고 하자 북측 인사 중 한 분이 고향이 원산이라고 하여 명사십리 이야기로 좌석의 분위기가 전환되었다.

최근에는 이 표현을 다시 써도 흥분하는 이가 없는 것을 보면 흡수 통일이라는 분위기는 가라앉고 서로 공존하며 살아갈 것이라는 믿음이 있어서인 것 같다.

26

남북대화의 간추린 시대별 흐름

1950~60년대

1953년 7월 27일 휴전 이후 북측은 사회주의 경제체제였으나 남측보다 성장률이 높아 자신감을 가지고 남측에 통일 문제에 대한 적극적 태도를 보여 왔다. 1954년 4월, 북측은 남북 평화통일 방안을 제시하면서 남북 간 군축 및 전쟁상태 전환을 위한 협정 체결을 제기했고, 남북통신대표 회담 제의, 1956년에는 남북청년학생대표자회의, 1957년에는 남북적십자단체 대표들 간 문안편지 교환과 제17회 국제 올림픽 단일팀 구성 참가 제의, 1959년에는 백미, 시멘트, 신발 등 수재물자를 보내겠다는 제의 등 각 분야에서 선전적 적극성을 보였다.

그러나 남측은 취약한 경제사정으로 이에 대한 아무런 대응도 하지 않고 오직 유엔 감시하에 남북한 자유선거로 평화통일하자는 제의와 통일될 한국은 민주주의와 민권자유를 보유하는 국가가 되어야 하며 적색독재나 백색독재국가가 되어서는 아니 된다는 주장만 펴 왔다. 남측은 1960년 제2공화국 서울대 학생을 중심으로 한 남북학생회담을 하자고 북측에 제의하였으나 정부의 반대로 이루지 못한 시점에서 반공을 국시로 한 5.16 군사혁명으로 남북관계는 더욱 냉전구도로 이어져 갔다. 1960년 7월 제18차 동경 올림픽대회에 남북단일팀 구성과 관련, 체육회담을 판문점에서 열자고 제의해 왔으며 남측은 그해 8월 이에 동의하면서 1963년 1월 장소를 스위스 로잔 IOC본부에서

연맹 입회하에 가질 것을 수정, 제의하여 남북체육회담이 열렸으며 단일팀 국가는 아리랑으로, 국기는 IOC 집행위원회에 일임하기로 의견이 접근되어 진전이 있는 듯하였으나, 1963년 5월에 열린 7차 회담에서 합의를 이루지 못하고 결렬되었다. 이후 북측은 1950년대의 제의를 반복하면서 선전적 제의를 계속적으로 하다가 1969년 7월 남한에서 미군이 철수되어야 하며 남한에 진보적 세력이 권력을 쥔다면 통일 문제를 협상할 수 있다고 주장하고 유엔 감시하의 총선거는 반대한다고 발표하였다.

1970년대

남북은 1968년도부터 북측의 청와대 기습사건, 울진 침투사건 등으로 긴장이 매우 고조된 상황이었다. 이러한 시기에 남측의 박정희 대통령은 1970년 8.15 경축사에서 남북이 현 체제에서 선의의 경쟁을 하자는 제의를 하였고 우선 남북이 접근이 용이한 인도적 문제를 해결해 보자는 취지에서 1971년 8월 12일 대한적십자사 최두선 총재께서 KBS 방송을 통하여 남북적십자회담을 제의하였다. 이에 북한적십자회가 이틀 후인 14일 평양방송으로 이에 호응해 옴으로써, 1971년 8월 다섯 번의 파견원 접촉에 이어 25회의 예비회담과 1972년 8월부터는 서울과 평양을 오가며 일곱 차례의 적십자본회담을 1973년 7월까지 가졌다. 또한 남과 북은 회담의 시작과 더불어 쌍방 적십자사 간 2개 회선의 직통전화가 설치되고 판문점 적십자연락사무소도 운영하게 되었다.

한편 적십자예비회담이 열리고 있던 1971년 11월에 쌍방 적십자대표 간 비밀접촉이 이루어져 1972년 3월 남측의 정홍진 대표가 극비에 평양을 방문하고, 4월에는 북측의 김덕현 대표가 서울을 방문하였으며 이후 5월에는 남측 이후락 중정부장이 평양을, 북측의 박성철 부수상이 서울을 방문하여 1972년 7.4 공동성명을 발표하게 되었다.

이로써 남북조절위원회가 구성되어 동년 10월 공동위원장회의를 세 차례 열었고, 조절위원회 회의 3회, 간사회의 등을 열며 남북 간 현안 사항을 협의하던 중 북측은 1978년 8월 "김대중을 일본에서 납치해 온 이후락이와는 대화하지 않겠다."고 통지를 해 왔다. 이로써 남북조절위원회는 부위원장회의로 1973년 12월부터 1975년 3월까지 열 차례의 회의를 판문점에서 열다가 1975년 말 "남측의 반공정책으로는 남북대화가 불필요하며 남조선 정부는 교체되어야 한다."고 주장하여 조절위원회 회담은 중단되었다.

적십자본회담도 북측이 응하지 않아 1973년 11월부터 3년 8개월 동안 본회담 8차 회의 재개를 위한 25차례의 실무회담이 있었으나 북측이 1978년 3월 20일에 열기로 한 26차 회의부터 78 팀 스피리트 군사훈련 중단을 방송으로 요구하며 통보 없이 불참하여 남북 간의 모든 대화가 중단되었으며 이후 상호 자기 측의 입장을 주장하며 상대방을 비방하는 선전전으로 이어졌다.

이후 근 1년 후인 1979년 2월에 북측은 남북조절위원회가 아닌 "민족통일준비위원회를 구성하자"는 제의와 회담대표를 판문점에 보내겠다는 제의를 해왔다. 이에 우리 측은 남북조절위원회 부위원장을 수석대표로 하는 대표단, 북측은 민족통일준비위원회 대표단이 1979년 2월 17일 판문점 회의실에 마주 앉아 전혀 다른 성격의 변칙대좌를 3월 14일까지 세 차례 가졌으나 각각의 주장이 달라 회담은 중단되었다.

한편 남북대화가 순조로웠던 1973년 2월 20일부터 북측 평양에서 열리는 제35차 세계탁구선수권대회에 남북단일팀을 구성하자는 제의를 해 옴에 따라 네 차례의 회담을 가졌으나 이 또한 동년 3월 12일 합의 없이 무산되었다.

1980년대

1980년 1월 11일 남측은 체육교류를 위한 체육회담을 제의하고, 같은 날 북측은 남북정치협상회의 및 남북당국자회담 용의를 표명하고 북측의 정무원총리 이종옥의 명으로 남측 신현확 국무총리와 이희성 육군참모총장에게 대남 서한을 보내왔다.

이로써 동년 2월 6일 남북총리회담을 위한 실무대표접촉이 판문점에서 시작되어 동년 8월 20일까지 열 차례 진행되었으나 북측은 "남측 국무총리가 사임하여 비정상적인 사태가 되었으므로 회담을 중단한다."고 발표하여 이 회담 또한 결렬되었다.

한편 1980년 1월 21일에는 북측 올림픽위원장 김유순이 제22차 모스크바 올림픽에 남북단일팀 구성을 위한 회담을 제의하여 왔으나 개최 6개월을 앞둔 시점에서 단일팀 구성은 현실적으로 불가능하다는 점을 들어 남측이 동의하지 않았다. 이로써 남북관계는 전면 중단 상태가 되었다.

3년 반 후인 1983년 4월 9일 L.A. 올림픽경기 단일팀 구성을 위한 체육회담을 동년 5월 25일까지 세 차례 가졌으나 이 회담에서 북측은 미얀마 아웅산 폭파사건은 남측의 조작극이라는 비난 발언으로 회담 분위기가 아주 험악한 상황에서 회의가 끝났으며 북측은 6월 1일 회의개최를 거부하여 다시 남북대화가 중단되었다.

이렇게 남북관계가 경색된 상황에서 1984년 9월 8일 북측은 서울 지역 수재민을 위하여 동포애와 인도주의 입장에서 쌀 5만 석7200톤, 천 5만 미터, 시멘트 10만 톤, 기타 의약품을 보내겠으며 물품전달을 위한 적십자대표단을 보내겠다고 하여 동년 9월 18일 판문점에서 남북적십자회담을 열었다. 이 회담에서는 합의 없이 북측은 일방적으로 퇴장했다. 이에 다음날 남측의 대한적십자 유창순 총재께서 전화통지 문으로 북측이 물자를 보낼 의향이 없는 것으로 알겠다고 통보하자 북측은 다음날 일방적으로 판문점, 인천항, 북평항으로 보내겠다고 통보해 왔으며, 남측이 이를 수락하여 9월 29일부터 10월 4일까지 수해물자를 인도, 인수하였다.

남측이 수해물자를 인수함에는 물품의 필요성보다는 그간 중단된 대화를 다시 연결해 보려는 의도가 있었고, 이를 계기로 동년 11월 20일 남북적십자 제8차 본회담을 열기 위한 예비회담을 열어 본회담을 1985년 1월에 서울에서 열기로 합의했다. 그러나 북측은 회담 며칠 전 전화통지문으로 남측의 85 팀 스피리트 훈련이 종료될 때까지 연기하자고 제의해 와 8차 남북적십자회담은 1985년 5월 27일부터 3박 4일간 서울에서 열리게 되었으며, 9차는 평양, 10차는 동년 12월에 서울에서 열렸다. 한편 제8차 회담에서 남북이산가족 고향방문단 및 예술단 교환방문행사를 갖기로 합의되어 동년 7월부터 8월까지 세 차례 실무회담을 열고 동년 9월 20일부터 3박 4일간 서울, 평양을 동시 상호방문 하기로 합의하여 역사상 처음으로 남북이산가족 65가구가 상봉하고 예술 공연단의 교류가 실현되었다.

또한 수해물자 인도 후 남측은 1984년 10월 12일 신병현 경제기획원장관이 북측에 남북 경제회담을 제의하여 1984년 11월 15일부터

1985년 1월까지 다섯 차례 만나 물자교류, 경제협력, 거래방식, 수송, 공동위원회 운영 등 문제들을 협의하였으나 이 또한 남측 군사훈련 문제를 북측이 제기하여 중단되었다.

한편 1985년 6월 1일, 남측 이재형 국회의장이 국회회담을 제의하여 7월과 9월 두 차례 예비접촉이 있었으나 군사훈련 문제로 중단되었으며, 1985년 7월 30일에는 북측이 88 서울 올림픽 공동주최를 주장하면서 경기를 반반씩 나누어 서울과 평양에서 열고, 단일팀을 구성할 것을 제의해 와 1985년 10월부터 1987년 7월까지 스위스 로잔에서 체육회담도 열었으나 남측 군사훈련 문제와 '평화의 댐' 문제 등으로 남북관계가 원만하지 못하자 1987년 10월 서울 올림픽 공동주최 협상 연기 표명으로 무산되었다.

더욱이, 1987년 11월 KAL858기 폭파사건으로 남북관계는 극도로 경색된 상황에서 1988년 7월 북측의 최고인민회의에서 다시 국회회담을 제의해 왔다.

이어 동년 8월부터 1990년 1월까지 1년 반 동안, 열 차례의 남북 국회회담 준비접촉이 진행되었다. 1988년 8월 15일에는 남측이 정상회담을 제의하였으나 북측은 조건을 달아 이에 응하지 않았으며, 그해 11월 16일에 북측은 남북고위급 정치군사회담을 열자고 하여 1989년 2월부터 동년 말까지 일곱 차례 회담을 가졌다.

체육 분야의 회담도 1989년 3월부터 북경아세아경기 단일팀 구성을 위한 회담으로 열렸다. 그러나 1990년 2월 8일 북측은 그간 열리고 있던 국회, 군사, 체육회담의 대표단 연합성명으로 "남측의 90 팀 스피리트 군사훈련 기간 중에는 남북대화를 중단한다."고 선언하여 모든 회담이 이 기간 동안 중단되었다.

1990년대

1990년 초 북측은 남북회담중단선언과 함께 남측의 휴전선 부근에 설치된 방어벽을 영구 분단 조장을 위한 콘크리트 장벽이라고 비방하고, 남측에서 발견하였다는 땅굴은 허위 날조된 것이라고 하면서 대남 선전 수위를 높여 비방했다. 이렇게 반년이 지난 1990년 6월 북측은 제7차 남북고위급회담 예비접촉을 갖자는 제의를 해 왔으며 동년 7월에 두 차례 회담을 갖고 남북고위급회담 개최를 위한 합의서가 채택되어 명칭, 일자, 절차 등을 합의하였다. 이로써 남북 간 최고위 관리가 자리를 같이하는 남북고위급회담이 1990년 9월 4일부터 7일까지 서울에서 남측은 강영훈 국무총리를, 북측은 연형묵 정무원 총리를 수석대표로 하여 처음 열렸고, 1992년 9월까지 2년간에 걸쳐 여덟 차례 서울과 평양을 오고 가며 열렸다. 또한 1991년 12월 13일에 열린 5차 회담에서 남측 정원식 국무총리와 북측 연형묵 총리가 합의한 남북기본합의서도 공동발표하게 되었다. 남북고위급회담이 진행되는 동안 각 분야별 남북회담도 이루어져 유엔가입 실무대표 접촉 3회, 단일합의서 내용과 문안 조정을 위한 대표 접촉 4회, 핵 문제를 위한 대표 접촉 3회, 비핵화 공동선언 본문 교환을 위한 대표 접촉 2회, 분과위원회 구성, 운영을 위한 대표 접촉 3회, 남북 핵통제공동위원회 구성, 운영 문제 협의를 위한 대표 접촉 7회, 남북정치분과위원회 15회, 남북군사분과위원회 12회, 남북교류협력분과위원회 14회, 남북핵통제 공동위원회 22회, 이산가족 노부모방문단 및 예술단 교환 관련 적십자실무대표 접촉 8회, 이인모 문제와 이산가족면회소 설치 문제 협의 대표 접촉 2회, 군사 직통전화 설치 운영을 위한 통신실무자 접촉 1회 등 10개 분야가 넘는 각 분야의 회담이 2년 사이에 열리어

고위급회담(1992년)

판문점은 거의 매일 남북회담장으로 이용되었으며, 남북회담 관계를 담당하고 있는 실무진은 24시간 회의 준비에 매달렸다. 이러한 상황으로 곧 남북 간 통일을 앞당기는 뜻한 분위기가 조성되기도 했다.

체육 분야에서도 1990년 11월 4개월간 주요 국제경기 단일팀 구성, 참가 관련 회담을 갖고 선수단 명칭은 우리말로 코리아, 영어로 KOREA로 하며, 선수단 기는 흰 바탕에 하늘색 한반도를, 선수단 가는 아리랑을 부르기로 합의하는 등 상당한 합의를 이루었다.

이러한 분위기 속에서 북측은 1990년 8.15 민족대회를 평양에서 개최하니 남측 전대협 대표가 참가할 수 있게 하여 달라는 요청을 7월 방송으로 해 왔다. 또한 이와 관련한 범민련예비회담을 갖겠다고 하여 남측은 북측 대표단의 서울방문을 위한 신변안전각서도 통보하였다.

또한 남측의 노태우 대통령은 1990년 7월 20일, 광복 45주년을 맞아 동년 8월 13일부터 17일까지 민족대 교류기간을 선포하여 기간 중 남북의 민간교류를 제의하기도 하였다.

　이러한 조치들에 북측은 7월 26일 범민족대회에 남측이 반공단체들도 끼워 넣으려고 한다고 주장하면서 남측의 전대협과 직접대화를 주장하고 이 대표단만 대회 참가를 허락하며 여타 단체의 참가는 불허한다고 하였다. 또한 이 행사에 남측 정부는 일체 간섭하여서는 안 된다는 주장을 하여 행사 참가가 성사되지 못하였다.

　그러나 1990년 10월 18일에 열린 범민족 통일음악회에는 민간 차원에서 남측 인사 17명이 판문점을 통해 방북하여 평양행사에 참여하였다.

　또한 다음 해 1991년 3월 30일에 열린 제85차 IPU 평양총회에 남측 국회대표단 25명이 참가하기도 하였다.

　이렇듯 1990년대 초반에는 다방면의 대화와 행사가 진행되었으나 1992년 12월 북측은 팀 스피리트 군사훈련 철회 촉구와 남북대화 중단을 발표하였고, 남측은 핵 문제 해결의 진전이 없는 경우 1993년 군사훈련을 진행할 수밖에 없다고 발표하자 북측은 모든 남북대화를 거부 하였다. 또한 1993년 3월 그동안 북측이 계속 요구해 온 비전향 장기수 이인모를 판문점을 통하여 보내 주었고, 동년 6월 핵 문제 및 특사 교환협의를 위한 실무대표 접촉을 제의하였다. 북측이 이를 수락하여 1993년 10월부터 남북특사 교환을 위한 실무회의가 열리던 중 1994년 3월 제 8차 실무회담에서 북측 대표의 "서울 불바다" 발언으로 회담이 중단되었다.

　3개월 후인 1994년 6월 17일 방북한 카터 전 미국 대통령과 김일성 주석 간 평양회담에서 남북정상회담 개최 용의를 표명하여 다음날 김영삼 대통령이 이를 수락함으로서 다섯 차례 남북정상회담을 위한 실무 절차회의를 갖고 1994년 7월 25일부터 27일까지 평양에서 김영삼 대통령과 김일성 주석 간 남북정상회담을 갖기로 합의하였다.

그러나 동년 7월 8일 김일성 주석의 갑작스러운 사망으로 회담은 이루어지지 못하였다. 이후 북측은 남측 정부가 조문사절단의 방북을 허용하지 않음에 대하여 "상식 이하의 무례한 처사"라고 비난하고 모든 남북대화를 중단하였다.

이러한 상황에서 1995년 북한 지역의 극심한 식량난을 감안, 김영삼 대통령은 곡물 지원을 제의하였으며 곡물 지원을 위한 회담을 북경에서 동년 6월부터 세 차례 갖고, 15만 톤의 곡물을 지원하였다. 그럼에도 불구하고 남북의 분위기는 핵 문제로 인해 전혀 전환되지 않았다.

한편 북의 지역에는 1990년대 초 2년간 여름 냉해와 2년간 집중 폭우로 식량 부족이 극심하여 1996년에는 국제적십자사 기구에 긴급구호를 요청하였으며 국제적십자 지원계획에 대한적십자사도 참여하여 상당한 물량을 지원하게 되었다. 이에 대한적십자사는 직접 물품을 전달할 수 있는 지원절차를 협의하기 위한 회담을 제의하여 1997년 5월부터 필자가 수석대표가 되어 다섯 차례의 남북적십자회담을 북경에서 열고 합의된 사항에 따라 인도적 대북 지원 구호물품을 민간단체들과 협력하여 직접 지원하기 시작하였다.

북경적십자회담기간 중 북측은 비료 지원을 요청하여 적십자로서는 부담하기 어려운 금액의 고가물품이므로 남측 정부 당국에 요청하도록 권유하여 1998년 4월부터 1999년 7월까지 남북당국자 차관회담이 북경에서 열리게 되어 비료는 지원되었으나 남북관계는 냉담한 분위기가 계속되었다.

그러나 적십자사를 통한 대북 지원을 계기로 민간 차원의 방북이 활발하게 이루어졌으며 정주영 회장은 소떼 1,001마리를 북에 전달하는 한편 금강산관광 협약을 체결하여 방북 관광길을 열었고, 1999년 8월에는 민노총 축구단이 방북하여 노동자축구대회를 가졌으며, 남북통일 음악회를 개최하고, 1999년 말에는 남북통일농구대회를 서울과 평양에서 갖기도 하는 등 민간 차원의 교류는 날로 확대되어 갔다.

2000년대

김대중 대통령은 2000년 신년사에서 남북 화해협력과 교류 실현을 강조하고 정상회담의 의사를 표명하였다. 또한 지난 어느 정권보다도 적극적인 대북 지원정책을 펴 나가면서 당국 간 남북대화를 희망하였으나 북측은 전혀 반응을 보이지 않다가 동년 3월 17일은 상해에서, 3월 22일과 4월 8일은 북경에서 남측 박지원 문광부장관과 북측의 아·태 위원회 송호경 부위원장과 비밀접촉을 갖고 남측이 상당한 물량의 대북 지원을 약속하고 남북정상회담 개최에 합의하였다. 이로써 4월부터 5월까지 다섯 차례의 차관급 실무접촉을 판문점에서 갖고 2000년 6월 13일부터 15일까지 김대중 대통령이 방북하여 김정일 국방위원장과 합의한 6.15 남북공동선언을 발표하게 되었다.

보건분야 지원을 위한 남북의료재단

개성 박연폭포에 위치한 관음사대웅전　　　　　개성공단

　　동년 9월에는 북측의 김용순 특사가 남측으로 방문하는 등 2001년 8월까지 남북관계는 순조롭게 이어져 남북장관급회담 6회, 남북적십자회담 3회, 남북이산가족 상봉행사도 서울과 평양 교차방문으로 3회, 시범사업으로 생사 확인, 서신 교환이 각 1회씩 이루어졌으며, 군사 분야 장관회담 1회와 실무회담 6회, 경제 분야 협력회담 3회, 전력협력실무회담 1회, 금강산관광 활성화 당국회담 1회, 임진강 수해 방지 실무회담 1회 등의 회담이 이루어졌으며 언론인 백두산관광, 관광관계 인사들의 백두산관광 등의 행사도 이루어졌다.

　　한편 민간 차원으로는 남측의 200여 개 통일 관련 단체로 1998년에 결성된 민족화해협력 범국민협의회는 2000년 12월 한완상 상임의장과 필자가 북측의 민족화해협의회 대표와 북경에서 회합을 갖고 민간 차원의 대화통로를 열었으며, 이로써 2001년 6.15 남북공동행사를 금강산에서 개최하기도 하였고, 8.15 민족통일 대축전행사에 200여 명의 남측 인사들이 2대의 전세기로 평양행사에 참가하기도 하였다.

　　그러나 북측은 8.15 민족통일 축전행사에 한총련 요원들의 참여를 불허하고, 한반도에서 핵 확산을 하지 않겠다고 한 약속을 북측이 지킬 것을 남측에서 강력히 요구하자, 이를 거세게 항의해 왔으며 이로써

2001년 9월과 11월에 열린 남북장관급회담 분위기가 경색되었고 이산가족행사와 합의된 태권도 시범행사 등을 연기하겠다는 통보를 해옴으로써 남북관계는 다시 급랭되었다.

이러한 상황 타개를 위해 임동원 특사가 2002년 4월에 방북하여 남북관계를 다시 복원시켰으며 이로써 남북장관회담 8회, 군사 분야 회담 및 장성회담 20여 회, 경제 분야 회담 13회, 실무급회담으로는 철도 도로 연결 13회, 임남댐 공사 조사 1회, 개성공단 건설 3회, 금강산관광사업 활성화 1회, 임진강 수해 방지 2회, 동해선 통신 연결 2회, 청산결제 1회, 남북 간 청산결제 은행 간 2회, 해운 협력 4회, 원산지 확인 1회 등의 문제 해결을 위한 회담이 열렸다.

또한 2002년 9월에는 남북적십자대화 이후 처음으로 대한적십자사 서영훈 총재와 북측적십자회 중앙위원회 장재언 위원장이 직접 대좌하는 회담이 열리어 수십 년 동안 토론만 하고 합의를 도출하지 못하였던 남북이산가족면회소 설치를 합의하기도 하였으며, 적십자회담 2회와 실무회담 4회, 면회소 건설추진회의 3회, 용천 구호물자 지원 실무회담 1회 등이 열렸고, 이산가족 상봉행사도 2002년 4월부터 2004년 7월까지 일곱 차례 금강산에서 실현되었다.

체육 분야에서도 2002년 부산 아시아게임과 2003년 대구 하계 U 대회 북한 참가와 관련 실무접촉 3회, 아테네 올림픽 남북공동입장을 위한 회담을 한 차례 열어 합의를 이루고 실현시켰다.

또한 민간 차원에서도 남측 방송사가 방북하여 북측 지역 문화재를 취재하여 방영하였으며, 연예인 방북 공연과 학술 분야에서도 교류가 실현되었다. 또한 민간 차원의 대북 지원도 활발하게 이루어졌으며 특히 2003년 4월에 발생된 용천 폭파사고에는 남측의 온 국민적 참여로 성금을 모아 복구물자를 지원하기도 하였다. 민간 차원의 남북교류행사도 2년간 순조롭게 이루어져 6.15 기념 및 8.15 기념 공동행사, 10월 3일 개천절 공동행사 등도 상호방문하며 공동으로 이루어졌다.

그러나 2004년 7월, 북측은 김일성 주석 10주기 추모행사에 남측 정부가 추모방문단 방북을 불허하고, 동년 7월 27일과 28일 양일간 동남아 국가에 체류하던 탈북자 468명을 남측이 귀국 조치한 데 대하여 북측은 남측 당국이 조직적이며 계획적인 유인납치 행위이자 백주의 테러 범죄라고 비난성명을 발표하여 이후 남북관계는 대화 중단 상태가 되었으며 다만 경협 분야와 민간 분야의 접촉만이 이루어졌다.

남측은 당국 간 남북대화의 돌파구를 모색해 보려던 터에 평양에서 6.15 남북공동선언 5주년을 맞아 개최되는 민족통일 대축전행사에 민간대표단이 방북하여 남북공동으로 개최하기로 하였던 것을 남측 정부대표단도 참여하겠다는 의사를 전달하여 북측과 2005년 5월 16일 개성에서 남북차관급 당국자 실무회담을 갖고 민족통일 대축전행사에 남측은 정부대표단 단장으로 장관급이 참여하며, 북측에서 연초부터 긴급 지원을 요청한 비료 20만 톤을 지원키로 합의하였다. 남측은 이 행사 정부대표단장으로 정동영 통일부장관이 방북하였고 2005년 6월 17일 대통령특사 자격으로 김정일 국방위원장을 면담하였다. 이 자리에서 남측은 북경에서 열리고 있는 6자회담에 북측이 복귀하여 핵 포기를 합의하면 중단상태인 KEDO 경수로 건설공사를 중단하는 대신 남측에서 2백만 kW의 전력을 3년 이내에 북핵 폐기와 함께 직접 송전하겠다는 제의를 하였으며, 김정일 위원장은 미국이 북한을 인정하면 한반도 비핵화를 지키고, 미사일도 폐기할 용의가 있음을 표명하였다. 또한 서울에서 열리는 광복 60주년 8.15 공동행사에 북측 당국 대표단을 파견하며 장성급 군사회담 재개 및 수산 당국 회담 등 분야별 회담을 다시 열고, 8.15를 계기로 이산가족 상봉 및 화상 상봉 실시 등에 합의하였다.

이후 남북장관급회담이 2005년 6월과 9월, 12월 세 차례 열렸으며, 경제협력추진위원회 10차, 11차 회의를 가졌고, 7월에는 5차 철도 도로 연결회의, 수산협력협의회를 열어 서해상 공동어로 조업 문제를 협의하였으며, 8월에는 남북농업협력위원회 1차 회의, 남북해운협력 실무회의와 일본에서 환수해 온 북간대첩비를 원소재지인 북측 지역으로 옮기는 조치협의 등 여러 가지 문제 해결에 대한 대화가 이어졌다.

한편, 남북이산가족 화상 상봉 3회, 이산가족 상봉행사를 8월과 11월에 실시하였고, 제6차 적십자회담도 열어 남북 간 전쟁 전후로 소식을 알 수 없게 된 사람들에 대한 문제에 대하여 회담에서 토의가 있었다. 한편 동년 12월 15일 제주도에서 열린 제 17차 장관급회담에서는 긴장 완화와 평화를 위한 실천적 노력을 기울이고 경제교류를 민족 내부의 협력 사업으로 추진하며, 조기 철도 연결을 추진하기로 하는 등의 문제와 2006년 2월에 4차 화상 상봉을 실시하고 제13차 이산가족 상봉행사도 시행되었다. 2006년 7월 13일에는 부산에서 미사일 발사 중단과 관련된 장관회담이 있었으나 합의점을 못 찾고 7월 3일 북측의 핵실험 성공 발표로 남북 간 긴장이 조성되었다. 2007년 5월에는 남북철도 연결 시범운영이 있었고 10월 4일 노무현, 김정일 제2차 정상회담이 평양에서 있었으며 종전선언 공동발표가 있었다. 2000년대 님북 간 이산가족 상봉은 꾸준히 이어져 18차까지 금강산에서 진행되었다.

2011~2018년

2010년 연평도에 대한 북측의 폭격사건으로 남북관계는 긴장국면으로 전환된 상태에서 김정일 위원장이 사망하고 김정은 위원장이 집권하게 되었고 북측은 미사일 발사와 핵 개발로 남북관계는 더욱 악화된 상태가 유지되었다.

2014년 인천에서 열린 아세안게임 폐회식에 황병서 총정치국장과, 최해룡, 김양건 노동당실력자들이 참가하여 남북 간 중요사안에 대한 접촉으로 긴장이 완화될 듯한 분위기가 조성되어 이산가족행사도 진행되고 하였으나 북의 핵과 미사일 문제에 대한 해결 노력이 없자, 유엔 결의로 대북제재에 대한 정책이 강화되었다. 이러한 시기에 개성공단 노동자 임금과 운영에 대해 남북 간에 문제가 생기자 2016년 2월 박근혜 정부는 개성공단 폐쇄 조치를 취했다.

2017년 5월에 문재인 대통령이 취임하여 7월 6일 베를린에서 핵선쟁 위협에서 벗어나 평화공존을 강조하는 발표가 있었다. 한편 미국은 한반도에 대한 군사훈련 강화를 발표하면서 북에 대한 압박을 더욱 강화해 나갔다.

2018년 신년사에서 김정은 위원장은 평창 올림픽 참가 의사를 밝혔고 2월 9일 개회식에 북측은 김영남 위원장과 김여정, 김선린이 참가했고 선수단과 예술단이 참가하였다. 이로서 다소 긴장 완화가 이루어졌으며 4월 29일에는 남측 평화의집에서 열린 문재인 대통령과 김정은 위원장의 정상회담으로 한반도 비핵화를 선언하고 이산가족 상봉도 실시키로 하였다.

한편 북미회담을 하기로 하였으나 미국의 강경자세로 취소될 뻔하였다. 5월 26일 남북정상이 통일각에서 만나 북미정상회담에 대한 문제를 협의하였고, 다행히 예정대로 6월 12일 북미정상회담이 싱가폴에서 이루어졌다. 한반도 비핵화와 한미 군사훈련 연기 조치 등을 시행하도록 합의되었다. 그러나 그 진행이 지진부진하다가 8월 13일 남북고위급회담으로 9월 중에 남북정상회담을 다시 갖기로 하였으며, 9월 18일부터 20일까지 평양에서 제3차 남북정상회담을 가졌다. 이 회담에서 19일 '9월 평양공동 선언'이 발표되었으며 내용으로는 동창리 시험장을 전문가 참관하에 영구 폐기, 미국의 상응 조치에 따라 영변 핵시설 폐기, 해상 기동훈련 중지, 비행 금지구역 설정, GP 시범철수·JSA 비무장화·공동 유해 발굴, 서해평화수역 및 시범공동어로구역 설정, 철도·도로 연결·개성공단·금강산관광 재검토, 이산가족 상설면회소·화상 상봉·영상편지 추진과 김정은 위원장 가까운 시일 내 서울답방 등의 공동발표가 있었다.

10월 15일에 열린 남북고위급회담에서는 군사적 적대관계 해소 문제와 동서 철도 연결 문제에 대한 협의가 있었고 26일에는 비무장지대

국방의 현장방문

공격적 행위 중지와 비무장지대 GP 철수, 유해 발굴, 한강 하구 민간인 선박 자유 항해 등의 협의가 있었다.

이후 양측의 비무장지대 초소 제거에 대한 조치가 있었다. 양측의 여러 가지 조치에도 불구하고 북미 간의 협상은 잘 이루어지지 않고 있는 상황에서 북측 언론에서 한반도 미국의 비핵 조치를 취해야 한다고 하여 북미대화는 점점 더 어려운 상태로 이어졌다.

한편 9.19 평양선언 100일이 지난 12월 26일 남북철도 연결과 현대화 착공식이 개성 판문역에서 열렸다. 남측의 새마을호를 개조한 9량의 열차가 경계선을 넘어 북으로 갔으며 남측 국토부장관, 통일부장관, 여당대표가 참가했으며 북은 김윤혁 철도부상이 참가하였다. 다행히 유엔안보위에서 이 행사를 제재 대상에서 제외시켜 주어 행사가 진행될 수 있었다. 그리고 북의 국무위원장이 연내 서울을 방문키로 한 약속은 마지막 날까지 이루어지지 않았다.

한편 2018년 후반에 북미 관계는 소강상태였지만, 2019년 1월 18일 북의 김영철 총정치국장이 미국을 방문하여 트럼프 대통령에게 김정은 위원장의 친서를 전달하면서 2월 마지막 주에 북미정상회담을 삼국에서 가지도록 협의가 되어 2월 27일과 28일 베트남 하노이에서 회담이 열렸다.

이 회담에서 양측의 주장하는 입장이 조정되지 않아 합의점을 찾지 못하였으며 차후 실무자 간의 계속적인 협의가 필요하게 되었다.

우리 국민의 희망은 핵이 한반도에서 완전히 폐기되어 전쟁의 위협 없이 평화체제가 이루어져 함께 살아가기를 바라고 있다.

27
남북 간 해결해야 할 인도적 문제

　우리 민족은 서양인들과 달라 가족이 함께 모여 살며 이웃과 서로 교류하면서 어울려 수 세기 동안 살아온 민족이다. 그러나 불행히도 일제로부터 해방이 되었어도 외세로 남과 북이 분단되어 70년이 넘게 서로 반목과 대립으로 살아가고 있다. 이러한 분단으로 인해 남과 북의 인도적 문제조차 해결하지 못하고 많은 사람들이 고통을 받고 살아가고 있는 현실이다.

　남북 간의 가장 큰 인도적 문제로 첫째로는 헤어져 살고 있는 이산가족의 문제, 둘째는 아직까지 돌아오지 못하고 있는 국군포로 문제, 셋째로는 전후 북으로 납북된 이들의 미귀환 문제, 넷째는 북한 주민과 어린이들의 생존을 위한 식량 등 인도적 구호 문제, 다섯째로는 북한 동포들에 대한 인권 문제 들이라고 하겠다.

　가족은 인류사회의 가장 기초단위 집단으로 혈육과 사랑으로 뭉쳐진 구성체로서 서로가 떨어져서 살 수 없는 집단이다. 그럼에도 1950년에 헤어진 이산가족들 모두가 이제는 고령자들로서 생전에 가족의 생사라도 알 수 있을까 하는 기대를 갖고 그날그날을 애타게 기다리며 살아가고 있다. 정부와 적십자사는 그간 상봉 실현을 위해 비료까지 지원해 가면서 상봉 실현에 노력하였으며, 남북의 화해와 협력을 위해 북이 수해나 재해로 어려운 시절 동포애의 정신으로 식량과 약품 등을 지원해주기도 하였다.

그러나 최근 북측의 핵실험 문제로 남북 간 긴장이 고조되어 인도주의 문제조차도 해결에 진전을 보지 못하고 있음은 참으로 안타까운 일이라 하겠다. 다행히 최근 남북정상회담과 북미정상회담이 잘 되어 해소될 수 있는 길이 있지 않을까 기대해 보며, 이 땅에 하루 속히 이 비극적인 상황이 해결되기를 바라고 있다.

이산가족의 실태로는 1971년 당시 남북적십자회담을 대한적십자사가 제의하면서 1천만 이산가족이라는 용어를 쓰게 된 인원의 근거로는 1945년에서 1953년 휴전 시까지 집을 떠난 사람 수가 5백여만 명으로 추산하여 1천만 이산가족이라 하였다. 대한적십자사는 분단 25년 되던 1971년 남북이산가족이 서로의 생사조차 확인할 수 없는 처지에 놓여 있음을 안타깝게 여겨 인도적 차원에서 이를 찾아 주고자 남북적십자회담을 제의하였지만 48년이 지난 아직까지 해결점을 찾지 못하고 있는 실정이다.

한편 이산가족 수에 대한 분석은 종전의 내무부통계에 의하면 6.25 전쟁 전 월남자를 약 30만 명으로 추정하며 전란 후 1960년 통계로는 1세의 수를 64여만 명으로 추정한 바 있다. 북에서 발표한 인구는 1949년 962만 명이였으며 1953년 849만 명으로 전쟁 중 120여만 명이 감소되었고 이중 사망자는 전사자 40만 명, 민간인 30만 명으로 추정하고 있으며 출생자가 추가되었음을 감안하여 이산가족 수를 대략 추정 할 수 있으나 외척과 2세를 포함한 수를 감안한다면 이산가족의 아픔을 갖고 있는 사람 수는 상당하다고 하겠다. 1970년 가호적에 의한 통계로는 540만 명으로 발표되었다. 이산가족 상봉 희망자들이 적십자사에 신청한 인원은 13만 2천여만 명으로 이중 7만 5천여 명이 사망하고 5만 7천여 명이 생존하고 있다2018년 12월. 1971년 이산가족 문제를 해결하기 위하여 시작된 인도적 차원의 남북적십자회담은 지금까지 150여 회 진행되었으며 합의된 사업순위로는 1. 생사 확인 2. 서신 교환 3. 상봉 실현 4. 재결합 5. 기타 인도적인 문제를 해결하기로 하였다.

그간 서울과 평양, 금강산에서 21차례의 상봉행사로 4,849가구에서 2만 4천 명이 상봉하였고 화상 상봉으로 7천 9백 명이 상봉하였으며 생사 확인은 5만 5천 명이 확인되었다2018말 기준. 한편 제3국을 통하여 4천여 명의 생사가 확인되었으며, 정부는 제3국을 통하여 상봉이 실현되는 경우 비용을 500만 원까지, 생사 확인의 경우 200만 원, 서신의 경우 50만 원 범위 내에서 지원하고 있다.

국군포로 문제는 북에 억류되어 귀환하지 못한 대한민국 군인들의 문제이다. 1953년 4월부터 1954년 1월까지 3차례에 걸친 전쟁포로 상호 교환에 의해 최종 송환된 포로는 남에서 북한군 111,754명, 중공군 20,720명을 보냈으나 북은 국군포로 7,142명, 유엔군 4,400명에 불과한 수를 남으로 보내 줌으로써 다수의 국군포로가 북한에 억류되었을 것으로 추정된다. 한편 전쟁 중 행방불명으로 파악된 국군 수는 4만여 명에 이르고 있으며 그간 탈북하여 돌아온 국군포로는 80여 명이다국방부자료. 최근 적십자사 간 이산가족 상봉행사에 이들의 가족을 포함하여 확인된 수는 2~20차에 걸쳐 국군포로 126명의 생사 확인 의뢰가 이루어졌으며, 14명 사망 확인, 93명 확인 불가, 그리고 19명 상봉이 성사되었다.

납북자 문제를 살펴보면, 휴전 이후 북한으로 납치된 사람은 총 3,835명이고, 이들 중 본인들의 의사와 관계없이 귀환 못한 인원이 있다. 납북자 중 3,310명86.5%은 납북 이후 6개월부터 1년 이내에 귀환하였고, 516명이 귀환하지 못하였으며 이 중 2차 이산가족 상봉 시부터 2015년 제20차 시까지 극히 일부의 가족들이 상봉하였다.

인도적 차원의 식량 등 구호 문제로는 북의 식량소요는 대략 600여만 톤으로 볼 때 연간 130여만 톤이 부족하며 대체 식량을 보충한다 하여도 연간 60여만 톤이 절대 부족한 실정이다. 북한 인권 문제는 언론, 집회, 결사, 종교 등의 자유와 시민사회 활동이 보장되어 있다고 하나 실제 자유가 보장되지 못하고 있다는 것이다. 2015년 170차 유엔 총회에서 북한의 인권 문제에 대하여 자유를 보장하고 탄압을 중단할 것을 촉구하기도 했다.

본래 인도주의에는 어떠한 조건이 있을 수 없다. 누구나 가족이 본의 아니게 헤어졌다면 조건 없이 만나게 해 주어야 하며 이것이 인륜이요 국제조약상의 의무이기도 하다. 그러므로 이산가족의 문제는 어떠한 상호주의니 하는 조건에 의하여 해결하여서도 아니 되며 이는 인도주의 원칙에 위배된다고 하겠다. 이산가족 문제 해결을 위하여 정부와 적십자사 그리고 민간단체들은 그간 많은 노력을 해 왔지만 결국 북측의 여건 변화만이 이 문제를 풀어 갈 수 있는 상황이라는 점에서 인도적 문제 해결에 대한 북측의 적극적인 조치가 필요하다고 하겠다.

28

통일 문제에 대한 소고小考

한반도기를 들고는 통일이 안 된다. 그러면 인공기를 들고 남북이 통일될 수 있을까? 불가능한 일이다. 그렇다면 태극기를 들고 남북이 통일될 수 있단 말인가? 그것도 불가능한 일이다. 꿈이 있는 것은 좋지만 '이룰 수 없는 꿈은 슬픈 것'이다. 핵무기도 없는 대한민국이 국제 문제에 강한 발언을 하기도 어렵다. 우리는 우리의 분수를 알고 자유민주주의에 충실하고, 나아가 시장경제를 더 발전시키는 그 길 밖에는 선택의 여지가 없다. 남과 북이 공존·공영하는 것이 당분간 한반도의 나갈 길이 아닐까' 나는 생각한다.

한반도 문제를 가장 정확하게 진단하고 계신 김동길 박사님께서 2018년 12월 8일자 조선일보에 쓰신 글이다. 내가 늘 생각하고 있는 내용이 떠서 몇 번이고 읽고 또 읽었다.

우리 국민들은 남북을 비교하며 일인당 국민총소득이 우리는 3천 3백만 원인데 북은 146만 원 정도이며, GNP가 우리는 1569조억 원인데 북은 36조억에 불과하니 우리와 상대가 안 된다고 말하고 있다. 이렇게 자랑 섞인 이야기는 하지만 믿을 만한 병기 하나 없어 북측보다 군사력은 열세로 미국이 도와주지 않으면 이 나라를 지킬 수 없다고들 한다. 수십 년간 안보, 안보 하면서도 독자적인 능력을 갖지 못하고 있다. 물론 동맹국의 제재에 어쩔 수 없었다고 하지만 최근 급변

하는 국제정세에 새로이 대처할 수밖에 없는 상황이 되어 가고 있다. 북의 가장 큰 위협인 핵 문제의 해결방안도 우리에게 있지 않고 미국이 처리하도록 주어졌다. 그러나 최근 북미 간 협상을 하고 있는 양측의 태도를 보면 과연 보유하고 있는 핵을 완전히 폐기하도록 만들 것인가에 의구심을 갖게 한다. 이러한 시점에서 동맹국으로 미국이 계속 도와준다고 하더라도 자체 능력 향상을 위한 우리의 새로운 군사적 전략이 필요할 때라고 하겠다. 더욱이 북의 위협은 물론 장차 남해의 이어도와 동해의 독도 주변 강대국가들의 괴롭힘에도 대비해야 하는 때가 올 것이라는 점에서 우리의 국방정책은 동맹국과 적극적으로 대화하여 신병기의 자체 개발이 필요하다고 하겠다.

분명한 것은 경제가 나라를 지켜 주는 것이 아님을 우리는 알아야 한다. 부자가 갖고 있는 재산은 국가의 존망에 따라 어느 때 주저앉을지 모르는 일이다. 박정희 대통령은 경제발전에 주력하던 시절 안보의 중요성을 강조하시어 유비무한有備無限이라는 표어로 온 국민들에게 정신무장을 강조하셨고, 심지어 모든 공무원조직에서 군 미필자는 모두 퇴임시키기까지 하신 때도 있었다. 다시 언급하면 경제발전과 더불어 군사 분야에 대한 외교 전략이 있어야 한다.

통일 문제도 남과 북은 엄청난 체제의 차이가 있음을 인식하고 이를 극복할 수 있는 기간이 필요함을 직시하여야 하며 서둘러 이룩할 수 있는 일이 아님을 인정해야 할 것이다. 우리 국민들은 북한이라는 사회를 너무나 모르고 있다. 우리는 잘사는데 북은 살기가 어려우므로 북한 주민들은 흡수통일을 원할 것이라고 생각하는 인사들도 적지 않게 있다. 심지어 지난 20여 년 전의 대통령까지도 곧 북은 붕괴되어 우리에게 흡수되는 통일이 올 것이라고 직접 말했고, 많은 북한 주민이 남으로 몰려올 터이니 준비해야 한다고 했다. 당시 정책 수립을 맡은 실무진은 남북철조망을 헐면 남쪽의 큰 혼란이 올 수 있다고 말하기도 했다. 그러나 한반도 통일은 우리 뜻대로만 해결되는 것이 아님을 알아야 한다.

북이라는 사회는 경제가 어려워도 생존을 위해서는 체제를 지켜야한다는 의식교육을 강조하고 지금까지 유지해 오고 있다. 북의 사회는 우리와 전혀 다른 구조를 가지고 있음을 우리는 간과하여서는 안된다. 북의 주민들은 우리가 사는 자유사회라는 것을 체험해 보지 않았기에 우리 사회를 이해하지 못하는 부분이 상당히 있다고 하겠다. 매일 시위가 있고 정부를 비판하고 하는 사회를 이해하지 못하고 오히려 질서가 없어 곧 쓰러질 사회로 선전하고 있다. 지금의 북의 주민 대부분은 70여 년간 공산주의 기본이념에 의한 교육을 받고 살아 온 주민들이다.

북한의 노동당강령과 헌법에 명기된 기본적인 이념은 노동자와 농민에 의한 노동당이 있고, 당은 단일 정당으로 프롤레타리아 독재로 통치하며, 당 이념에 절대적으로 순응해야 하며, 이 이념에 반대하는 어떤 조직이나 개인은 누구를 막론하고 척결해야 한다는 체제하에 살아왔고 세뇌된 생활로 지내 왔다.

이러한 체제를 떠받들고 있는 세력이 북한 사회를 이끌고 있음을 우리는 알아야 한다. 바로 그 세력은 북은 핵심 계층으로 "북한체제를 이끌어가는 통치계급으로 전 주민의 28%를 차지하고 있으며 여기에는 김부자 가족 및 친척들과 중하급 이상의 간부들이 포함되는데 대부분 항일혁명투사와 그 가족, 한국전쟁 시 피살자와 전사자의 유가족들로서 이들은 평양을 비롯한 대도시에 살면서 당, 군, 간부 등용에 있어서 우선적인 혜택을 받고 있고 진학, 승진, 배급, 거주, 의료, 등 각종 분야에서 특혜를 누리고 있다21세기 대정치사전, 한국사연구소." 그러므로 개혁개방은 자체 체제가 붕괴되는 위험이 있으므로 쉽게 이를 받아드리려고 하지 않고 있다. 국제사회의 발전에 따라 다소 변형이 된다고 하더라도 체제의 기본적인 큰 변화를 기대할 수 없으며 이외의 백성들은 생존을 위해 따라갈 수밖에 없는 처지에 살고 있는 것이 북한 사회이다.

현시점에서 핵 문제가 가장 큰 문제로 제기되고 있어 북미관계가 조율되어 핵이 폐기된다고 하더라도 북의 기본 체제는 크게 변하지 않을 것이다.

이러한 관점에서 볼 때 남북의 조기 통일이 이루어진다 하더라도 남북 모두가 평안히 살 수 있는 사회가 된다는 것은 쉽지 않을 것이므로 남과 북은 오랜 시간을 두고 사회적 변화를 이룬 후에야 평화로운 통일국가를 이룩할 수 있을 것이다.

그날이 오기까지는 남과 북은 급선무인 인도적 문제나 조기 해결하고 적대행위에 대한 감소 노력과 점진적 교류협력 단계를 거쳐야 한다는 점에서 한두 세대를 넘기더라도 인내하고 극복하는 길밖에 없다고 생각한다.

제4부

인도주의 일꾼으로

:
:
:

Only once a Letter

01

인도주의 일꾼의 보람

1973년 남북관계가 소원해지자 정부는 남북적십자회담 사무국을 정부기구로 편입하였다. 나는 당시 김용우 총재님과 서영훈 사무총장의 권유로 인도주의 사업기관인 적십자 본사로 보직을 옮겼다. 어려운 공채시험을 거쳐 입사한 국가기관에서 보수도 적은 기관으로 자리를 옮긴다고 하는 것에 많은 고민도 있었다.

다행히 아내가 "어려운 사람들을 돕는 기관에서 일한다면 보람이 있지 않겠느냐!"라는 격려로 결심이 가능했다.

적십자사에 와 보니 생각보다 일이 많았다. 무엇보다 소수 직원들이 많은 봉사원을 격려해 가며 일한다고는 하는 것이 쉬운 일이 아니었고 사업 내용도 다양하였다. 또한 전국적으로 50개가 넘는 기관의 조직 관리와 봉사원 조직, 그리고 회비를 모금하는 일들은 많은 노력을 필요로 하였다.

대한적십자사는 1905년에 고종황제에 의하여 설립된 기관으로서 1948년 대한민국 건국 초기 법률 제25호로 재건된 기관이다.

인도주의 정신에 의한 사업을 담당하는 국제기구이며 우리말로 "사랑과 봉사"라는 표어를 앞세우고 생명보호를 위한 사업과 고통을 덜어 주기 위한 사업, 세계평화에 기여하기 위한 사업을 맡아 하는 기관으로서 고통을 덜어 주기 위한 이산가족 찾기 사업은 적십자사 본연의 임무 중에 하나로 이 일은 계속 하면서 몇 가지 일은 특별히 나에게 맡겨졌다.

1974년 7월에 서해 백령도에 북한 비행기가 넘어와 정찰을 하고 가자 주민들이 동요하여 그 지역을 떠나려고 하여 정부에서 적십자사로 하여금 그곳에 있는 병원을 맡아 운영하고 봉사관을 설치하여 주민들을 위한 프로그램을 수행하는 한편 병원선을 건조하여 환자들을 돌보는 일 등을 맡아 수행토록 부탁이 왔다. 내가 적십자사에 오자마자 기획 분야의 일을 맡아 하면서 이 일을 초기에 맡아 15시간씩 배를 타고 서울병원 김성렬 부원장과 함께 수차례 백령도에 가기도 하였으며 박정희 대통령의 특별 지원으로 병원선을 건조하여 운영하였다.

또한 맡은 일 중 하나는 혈액사업으로 그동안 대한적십자사는 매혈賣血로 혈액사업을 해 오던 것을 1974년 4월 1일자로 헌혈獻血로 전환했다.

본사의 이러한 방침에 중앙혈액원의 반대가 가장 심했으나 혈액을 돈 주고 사서 파는 일은 선진국에서는 없는 일이었다. 다행히 자리 잡혀 가고 있는 과정에 헌혈버스로 장사하는 사설혈액원이 여기저기 생겨 적십자혈액사업 이미지에 큰 타격을 입게 되었다. 이 사업을 적십자사가 접을 것인가 계속 할 것인가 결정을 해야 되는 시기에 보건복지부가 적십자사의 의견을 받아들여 혈액관리법을 개정하여 1981년 국가 혈액사업을 적십자사에 위탁하였다. 이로써 혈액관리협회는 적십자사가 인수하였고, 사설요원 중 희망자 전원을 적십자사가 받아들여 정비하였다. 지금은 연간 300여만 명의 헌혈자로 국내수혈 필요 전량을 헌혈로 충당하고 있을 뿐 아니라 다른 어떤 나라에서도 하지 못하고 있는 혈액관리를 전산체계로 최고의 수준으로 유지하고 있다.

사무총장으로 취임한 후에는 성수대교를 비롯한 수차례의 대형사고 관련 업무와 대북 지원사업, 그리고 이산가족 상봉사업, 사할린 동

포 귀국사업, 원폭 피해자 지원사업 등 다양한 인도주의 이념 실천을
위한 일을 하면서 보람을 가지고 지냈다.

02
사무총장 취임

1992년 2월 14일 나는 대한적십자사 사무총장에 취임하였다.

적십자사는 대한적십자사조직법 법률 제25호로 설립된 기관으로서 전국에 거쳐 본사를 비롯하여 15개 지사, 서울적십자병원 외 7개 병원, 20여 개의 혈액원, 100여 개의 전국봉사시설 등을 갖춘 방대한 기관이다.

정규직원으로 4,500여 명과 7만여 명의 봉사원, 20여만 명의 청소년적십자 단원들로 모든 국민으로부터 존경 받고 있는 우리나라 인도주의 사업을 담당하는 가장 큰 기관의 업무를 총괄하는 사무총장으로 취임하게 된 것이다.

〈사무총장 취임사〉
존경하는 강영훈 총재님, 그리고 저를 아껴 주시는 동료 직원 여러분!
오늘 87년의 전통과 업적에 빛나는 대한적십자사 사무총장직에 부족한 이 사람이 임명되어, 이 같은 자리를 맡게 된 데 대하여 무한한 영광으로 생각합니다.

저는 재임 중에 총재님의 지휘방침을 받들고, 지금까지 훌륭히 업무를 수행하신 전임 사무총장님의 뒤를 이어 직무를 충실히 수행하고 대한적십자사의 발전을 위하여 저의 모든 정열과 역량을 다하여 일

할 것을 다짐합니다. 여러분께서도 부족한 이 사람이 모든 일을 원만히 처리할 수 있도록 도와주시기를 간절히 부탁드립니다.

한편 오늘 이 자리에서 제가 사무총장직을 맡아 업무를 수행함에 있어 몇 가지 저의 자세와 바람을 말씀드리고자 합니다.

첫째로 분위기 좋은 적십자사가 되도록 노력하겠습니다.
제가 20여 년 전 적십자사에 입사하였을 때부터 우리 적십자사에는 "사랑과 봉사"라는 훌륭한 표어가 있었습니다. 이 표어의 '사랑'은 많은 이웃을 적십자 정신으로 아끼라는 뜻도 있지만, 우선 함께 일하는 동료들끼리 서로 사랑할 수 있는 마음의 자세가 있어야 이웃도 사랑할 수 있다고 생각합니다. 신학자 바울이 말한 "사랑은 무례히 행하지 않는다."는 뜻을 깊이 새겨 우리 모두는 서로를 이해하고 서로 도움으로써 분위기 좋은 적십자사가 되도록 함께 노력해 주시기를 바랍니다.
둘째로 적십자사가 봉사원에 의한 봉사기관이 되도록 노력할 것입니다.
총재님께서 부임하신 이후 늘 강조하신 사항으로 적십자는 인도주의 정신과 자원봉사 정신을 갖고 인도주의를 실천하는 기관으로서 사업을 수행함에 있어 직원보다는 많은 자원봉사원에 의하여 봉사활동이 이루어져야 한다고 말씀하셨습니다. 저로서는 직원들은 조직과 프로그램 개발에 그리고 자원봉사원들은 봉사활동으로 서로가 조화를 이루며 나아가는 적십자사가 되도록 실무적인 모든 노력을 다하고자 합니다.

셋째로 모든 일을 합리적이고 민주적으로, 그리고 진취적으로 수행하고자 합니다. 저는 직무를 수행함에 있어 총재님을 모신 중간관리자로서 합리적이고 민주적인 절차에 따라 공정하게 업무를 처리하고자 합니다. 또한 이러한 절차에 의하여 결정된 사항은 과감하게 추진할 것입니다.

끝으로 이 자리에서 여러분께 당부 드리고자 하는 것은 우리가 하는 일에는 언제나 밝은 면과 어두운 면이 있게 마련이며 일의 성취에 따른 기쁨과 실패에 대한 좌절과 비판이 있게 마련입니다. 밝음과 기쁨이 있을 때에는 함께 즐거워하고 어려움이 있을 때에 저와 여러분이 한마음으로 이를 극복한다면 오히려 새로운 창조를 이루며 앞을 향한 전진이 있을 것이라는 점을 믿어 의심치 않습니다.

여러분들의 적극적인 협조를 부탁드리며 빛나는 적십자사가 되도록 다 함께 노력합시다. 다시 한 번 대한적십자사가 앞으로 크게 발전하는 데 기여할 것을 다짐하면서 인사에 갈음합니다. 감사합니다.

1992년 2월 14일

03

적십자와 5.18 민주화 운동

1980년 5월 18일은 우리 역사에 잊을 수 없는 날이다. 광주 시민들이 민주화를 위해 외치고 있을 때 이를 진압하는 상부 지시를 받은 군인들과의 대치상태에서 많은 시민과 군인들이 부상을 당하거나 생명을 잃는 중대한 사건들이 발생하였다. 적십자사로서는 생명을 구하고 고통을 덜어 주어야 하는 사명감을 가진 기관으로서 이 광경을 보고만 있을 수 없어 생명을 구하는 일에 나섰다. 적십자사는 지난날 4.19 혁명 시에도 생명을 구하는 일에 헌신적 활동을 한 바 있다.

시위는 5월 18일에 시작되어 20일에 정부가 공식으로 시민들을 폭도로 발표함으로써 계엄군과 시민은 완전 대치 상태로 일절 통행이 금지 되었다.

당시 대한적사자사는 생명을 구하기 위한 혈액사업을 담당하고 있던 기관으로선 광주 지역 병원에 혈액이 부족한 상태가 될 것이 염려되어 20일 04시 본사 혈액사업을 맡은 나는 혈액원 검사과장 강성원, 김상국과 함께 서울혈액원에서 혈액을 싣고 적십자 깃발을 들고 출입이 통제된 정읍 지역을 통과하고자 했다. 통행제한을 맡고 있는 군에서는 그곳에 가면 생명에 위협을 받을 수 있으니 갈 수 없다고 했다. 그러나 적십자는 분쟁 지역 어떠한 곳에든 갈수 있는 국제법으로 보장된 기관이며 희생되더라도 우리의 임무를 수행해야 한다고 설득하여 여섯 곳의 검문소를 통과했고, 광주 지역 진입로가 완전 차단되었으므로 장성 지역의 비상통로로 광주 시내에 진입하였다. 그곳에 진입하자 학생 30여 명이 처음으로 진입하는 차량이라 공격해 왔다. 적십자가 광주시민을 위해 혈액을 가져 왔다고 하자 통과시켜 주었고 기아자동차 앞에 다다르니 학생들이 장갑차로 막고 있었다. 다른 길로 가도 길을 막아 지리를 몰라 광주지사를 찾아갈 수 없어 일단 돌아오고야 말았다.

22일에는 서영훈 사무총장과 광주 지역 출신인 석근태, 김봉우와 함께 다시 약품과, 혈액을 가지고 처음 검문과 같은 과정을 어렵게 거쳐 계엄군 지역을 지나 비상도로를 통과하여 광주를 방문하여 지사에 약품을 전달하였으며, 박윤종 지사장을 만나 현장에 필요한 사항을 협의하였고, 병원을 방문하여 진료에 필요한 물품에 대하여 파악하고 직원들을 격려하였다. 한편 혈액은 광주 시민이 적극적으로 헌혈에 참여하여 부족하지 않은 상태였으며, 병원에는 산소와 수액, 약품 등이 가장 필요하다는 요청을 받고 돌아왔다.

본사는 1차적으로 필요한 약품을 준비하여 진입로를 알고 있는 김봉우와 정헌국 실장이 광주를 방문하여 전달하였고, 2차로는 당국의 협조를 얻어 산소통 150여 개와 수액 및 약품을 김근수 의료과장이 성남비행장에서 싣고 송정리비행장을 통해 전라남도와 협의하여 광주 시내 병원에 공급하였으며, 전북 지역의 협조를 얻어 전북 지역에 있는 산소 수백 통을 모아 광주로 보내 주어 응급환자를 구하는 데 크게 기여하였다.

한편 22일경에는 도청이 도청청사에서 업무를 수행할 수 없는 상황이 되어 적십자사에 지휘부가 임시로 옮겨 와서 일주일 정도 업무를 처리하기도 하였다.

당시 박윤종 지사장께서는 도 행정고문역을 맡고 있었으므로 시민들과 도, 그리고 군부와 평화적인 해결을 위해 지사장께서는 김차현 과장을 대동하고 관계 기관을 직접 방문하여 협상의 장을 마련하고 원만한 해결을 위해 많은 노력을 하셨으며 "시민의 무기 반납, 군부의 무력진압 자제를 위한 조정역할에 힘쓰셨다. 또한 적십자병원은 부상자 진료를, 각 병원에 대한 혈액 공급 및 산소통 지원, 시신수습 업무 등은 적십자사가 담당하였다. 이러한 업무를 위해 사무국장, 이곤영, 김차현 과장을 비롯한 전 직원이 지원업무를 수행했다.

한편 적십자병원 이무원 원장을 비롯한 전 직원이 피투성이로 몰려 온 부상당한 시민환자와 부상자들을 위해 불철주야로 환자를 돌보았으며 250명이 넘는 외래환자와 입원환자들로 침상이 모자라 바닥에 메트레스를 깔고 환자를 수용했으며, 부상자 중에는 대부분 외과와 정형외과 환자가 많았으며, 의료진으로는 정형외과 류재윤, 외과 장민기를 비롯한 박소호, 김봉환, 고광련 의사와 마취과 조종덕 의사 등이 계속적으로 들어오는 환자진료에 최선을 다했다. 또한 적십자병원에만도 30여 구의 시신을 수습하는 일 등으로 전 직원이 기간 중 퇴근 없이 병원에서 업무를 수행하였으며 기간 중 진료비는 원장 결심에 따라 전액 무료진료로 하였다. 적십자병원이 도청과 가까운 곳에 위치하여 부상자들이 다른 병원보다 많이 실려 오곤 하였다. 많은 시민부상자들을 위한 진료를 하던 과정에서 군과 경찰에 대한 진료도 한 바 있다.

한 실례로 군인 한 명이 군 대열에서 이탈되어 병원 앞 하천에 추락하였는데 학생들이 돌로 쳐서 실신상태에 있던 것을 적십자복장을 하고 김철부 검사과장이 학생들을 설득하고 직원들이 들것을 가지고 가서 병원으로 옮긴 후 환자복으로 갈아입히고 병실로 보냈다. 다시 학생들이 와서 군인을 찾을 때 지금 영안실에 있다고 하여 돌려보냈으며 이후 군통합병원에 후송 조치한 일도 있었다. 지방에서 오다가 혼자 대열에서 떨어진 전투경찰을 보호하기 위해 보이라 실에 직원이라 하고 며칠을 보호해 준 일도 있었다증언 김봉우, 김근수, 이무원, 류재윤, 김철부.

당시 혈액원은 적십자병원 안에 있었는데 각 병원에 혈액공급을 위해 시내에서 헌혈차로 헌혈을 받았다. 시민들이 부상자를 돕겠다고 2~3백 명이 동시에 헌혈에 참여하여 시내 병원에 혈액이 부족하지 않도록 적십자혈액원이 공급하였다. 혈액 수요가 늘어 채혈백이 부족하여 본부허락을 받아 써야 하는 비상용 채혈백도 원장직권으로 전량을 사용하기도 하였다증언 김철부, 기명서.

한편 수없이 발생한 부상자들을 응급차로 다 옮길 수 없는 상황이 되자 시민들이 차에 적십자기를 세우고 병원에 수송해 주기도 하였다.

누구든 차별하지 않고 생명을 구해 주며 고통을 덜어 주기 위한 일을 할 수 있는 기관은 오직 적십자사뿐이며 인류사회에 이런 기관이 있다는 것은 참으로 다행한 일이라 하겠다이 자료는 적십자기록 자료로 남기고자 하여 수록한 것임.

04

보트 피플

월남이 1975년 패망하면서 많은 난민들이 바다를 통해 고향을 떠났다. 우리 한국에도 철수하는 백구부대 LST에 타고 3,000명이 부산에 입국하였다. 부산상고 자리에 수용소를 마련하여 입소하였으며, 한국과 연고가 있다는 100여 명의 난민은 마장동 서울적십자사시설에 수용하고 관계 기관의 협조를 얻어 연고자를 찾아 주었다.

난민 처리 문제는 유엔난민기구UNHCR, United Nation High Commissioner Refugee에서 주관하여 처리하였으며 수용에 관한 지원은 대한적십자사에서 맡았다.

부산 수용인원 중 이미 미국이나 호주, 캐나다 등지에 탈출한 가족이 있는 연고자와 연결이 되는 인원은 그 나라에서 받아 주어 출국시켰다. 연고자 출국인원 중에는 한국 사람으로 일본군에 징용되어 갔다가 월남군 대위로 그곳에서 살던 분이 있었는데 그 아들이 공군조종사로 근무하던 중 패망 시 비행기를 몰고 미국으로 탈출하여 그 가족 6명 모두가 미국으로 출국한 경우도 있었다. 연고자 출국은 대부분 이런 케이스였다.

이렇게 제3국으로 출국하고 남은 2,000여 명은 부산 수영동현 센텀아파트 지역에 난민수용소를 짓고 수용하였으며, 적십자사에서 1993년까지 수용소를 운영하면서 유엔난민기구와 협조로 모든 인원을 제3국으로 이주시켰다.

한국과 월남과의 보트 피플 역사는 이러하다. 월남에 이씨 왕조가 있었는데 왕위를 찬탈 당해 수나라로 가던 중 풍랑을 만나 표류하다 고려 고종 원년1213년에 옹진군 화산에 살게 되었다. 그 후 몽고군 내습 때 크게 공을 세워 조정으로부터 생활 기반을 마련 받았으며 그 후손들이 조정에서 화산 이씨로 성씨를 하사 받았다.

지금 하노이에는 이 왕자를 모신 석탑이 있어 화산 이씨들은 그곳에 가서 시제를 지낸다고 한다. 또한 "주영편晝永篇"이라는 문헌에 이조 숙종 정묘년1687년에 우리나라 제주도 관민 24명이 탄 배가 추자도 인근에서 태풍을 만나 표류하다가 월남 땅 한 섬에 머물게 되었는데, 그곳에서 살다가 궁중 초대를 받아 사연을 이야기하고 귀국한 일도 있다고 한다.

국제난민규정에 의하면 경제적 난민은 유엔난민기구에서 난민으로 취급하지 않으나 전쟁으로 발생된 난민과 정치적 박해로 고향을 떠나게 된 피난민은 유엔난민기구에서 최대한 거주지 마련을 위해 노력하고 있다. 그러나 최근 세계 여러 지역에서 분쟁이 있어 난민이 많이 발생하고 있는데 각국은 이 문제 해결에 어려움을 겪고 있다. 앞으로 난민 처리 문제는 더욱 어려울 것이다.

05

사할린 동포의 사연

1945년 해방을 맞았으나 강제로 일본군에 광부나 노역자로 끌려갔던 우리 동포들은 귀국하지 못했다. 일본은 사할린을 소련에 넘겨주면서 자기 국민만 수송선에 승선시켜 본국으로 송환하였으며 한국인들은 그대로 그곳에 남겨두었다. 심지어 자기 나라 사람 한 명이라도 더 데리고 가려고 일본군에 현역으로 복무하고 있던 한국인까지도 그곳에 두고 떠났다. 이로써 본의 아니게 1세, 2세, 3세까지 포함하여 3만여 명이 넘는 한인들이 그곳에서 생활하고 있었으며 이들 중 원적이 남쪽인 사람들만이 소련과 대한민국이 수교가 없어 고국에 올 수 없는 처지가 된 것이다.

대한적십자사는 이들의 고국방문을 위하여 1980년부터 여러 차례 직·간접적으로 소련적십자사에 접촉을 시도하였으나 냉전시기의 소련적십자사는 이렇다 할 응답이 전혀 없었다.

1986년 5월에는 사할린에 강제 징용된 부인 86명이 일본대사관에서 남편들이 고국을 방문할 수 있도록 해 달라는 요구를 하며 단식투쟁도 했었으나 속수무책이었다.

이러한 상황에 1987년 소련의 아르메니아에 큰 지진이 발생하여 적십자사는 대한항공 전세기를 마련하여 정부의 협조를 얻어 1백만 불 상당의 구호물자를 보내겠다는 통보를 하였더니 처음으로 소련적십자사로부터 전송문으로 회신이 왔으며 모스크바로 구호물품을 보

우리나라에서 러시아로 처음 보낸 구호물자(1989)

내달라는 요청이 있어 인도요원이 탑승하여 구호품을 보내 주었다.

한편 1988년 9월에 서울에서 열린 올림픽에 소련 선수들이 참가하여 우리나라와 소련의 관계가 다소 진전이 있게 되면서, 그간 사할린 문제로 부담을 느끼고 있던 일본 정부는 일본적십자사를 통하여 대한적십자사와 공동으로 사할린 동포 고국방문사업을 추진하면 지원하겠다는 의사를 전달해 왔다.

이로써 한적의 주선으로 1989년 63명이 처음으로 고국을 일시 방문하게 되었고 2005년 말까지 1만 5천여 명이 꿈에 그리던 고향을 방문하고 돌아갔다. 한편 적십자사는 현지에 이 업무를 담당할 이산가족협회를 현지인으로 조직하여 이 업무를 추진하였으며 이와 관련된 사업비는 일본적십자사가 담당하였다.

이 과정에서 그곳의 고령자들은 고국에 영구 귀국하기를 계속 한적에 건의해 왔으나 우리 정부나 적십자사의 능력으로는 이들을 영주

일본 미야자키에 있는 평화의 탑(대동아전쟁 결의장: 아세아가 모두 일본이 되면 평화가 온다고 결의한 장소)

시켜 줄 만한 방안을 마련하는 것이 쉽지 않았다. 남달리 인정이 많으셨던 당시 강영훈 총재님은 이들의 사연을 들으시고 전국지사에 이들을 수용할 만한 노인시설에 관한 실태파악을 지시하여 전국적인 조사를 하던 중 1992년 광림교회에서 가평에 노인시설을 짓고 있다는 정보를 듣고 필자가 김선도 담임목사님을 찾아 뵙고 사정을 말씀드렸더니 즉석에서 수용해 주셨으며 숙식비도 교회에서 담당해 주시겠다고 약속해 주셨다. 이로써 1992년 9월 77명이 광림교회 교인들의 따뜻한 환영 속에 꿈에도 그리던 영구 귀국을 하게 되었으며 이후 42명이 추가로 영구 귀국하였고, 경북 고령에서 대창양로원을 운영하고 계시던 오기선 할머님도 그곳에 사할린 동포를 수용하겠다고 하여 40명이 영구 귀국하여 여생을 이곳에서 보낼 수 있게 되었다.

이후 한국 정부와 일본 정부 그리고 대한적십자사와 일본적십자사가 공동으로 협력관계를 발전시켜 1999년에는 인천적십자병원 내에 사할린 동포를 위한 양로원이 건립되어 고령노인 100명이 입소하였고 2000년 7월에는 경기도 안산에 사할린 동포 아파트가 완공되어 500여 명이 입주하여 여생을 고국에서 보내고 있다.

06
태풍의 눈

청소년적십자 창립 40주년 되는 기념 전국 캠프가 1993년 8월 9일부터 4박 5일간 덕유산종합캠프장에서 1만 명이 참가한 가운데 열리었다.

'청소년적십자─영원한 적십자인'이라는 주제로 각 지사 청소년적십자 단원들이 자리를 함께하였고 캠프장은 사무총장인 내가 맡고 청소년부장 김혜남, 김균석 과장 그리고 각 지사 청소년과장이 실무책임을 맡고 각 지사 사무국장이 현지에서 숙소 안전 문제들에 대하여 점검하는 등 많은 준비를 하여 개막하였다. 외국인 단원 10개국 30여 명도 참여하였고 지사별로 야영지를 정하여 숙소를 마련하였다.

개회식에 총재님, 각 지사 회장님, 전라북도 도지사 등이 참여하여 성대히 끝나고 나자 비가 오더니 기상대에서 태풍경보를 예고하였다.

태풍의 속도가 엄청나게 빠르고 그 규모도 지금까지 온 것 중에서 가장 큰 것이라고 예고가 되었다. 밤 늦게부터 비가 많이 오기 시작하여 캠프장 낮은 지역은 물에 잠기어 일부 지사 숙영지는 단원들이 밤을 새야 했으며 안전이 걱정이 되어 나는 각 지사 지역을 순시하며 거의 밤을 새다시피 했다. 그런데 아침에 김영삼 대통령의 지시사항이 왔다. 이번 태풍은 엄청난 규모이므로 전국의 모든 캠프장 학생들은 귀가 조치하라는 지시였다.

당시 전국에서 가장 큰 행사를 하고 있던 우리로서는 큰 걱정이 생겼다. 1만여 명이 모여 전국에서 400여 대의 버스로 시차를 두고 이곳에 왔기 때문이었다. 당시 무주 구천동 길은 2차선으로 모이는 데에만 하루 걸렸고 돌아가려면 버스의 수 배는 물론 진입시간에 맞추어 돌아가야 한다는 것은 엄청난 부담이었기에 쉽게 돌아갈 수 있는 처지가 못 되었다. 그대로 있자니 대통령 지시를 어겨야 하고 보내자니 갈수 없는 처지가 되어 캠프장으로서는 큰 고민이 되었다. 그래서 할 수 없이 돌아가기를 원하는 부산과 숙영지가 물에 잠긴 강원도만 돌아가기로 하고 그대로 진행하기로 하였다.

다음 날은 태풍의 중심부가 우리 캠프장을 지나가게 되어 있어 모든 진행을 중지하고 안전에 신경 쓰고 있는데 이게 웬일인가! 전국이 태풍과 폭우로 야단들인데 우리 있는 곳은 해가 쨍쨍 나고 있는 것이 아닌가! 바로 우리가 태풍의 눈 속에 있어 이런 현상이 난 것이라 했다. 그리하여 우리는 예정대로 모든 일정을 무사히 마치고 모두가 안전하게 귀가하여 행사를 마칠 수 있었다.

덕유산

제5부

학생들과 지내며

·
·
·

Only once a Letter

01
한서대학교에서 학생들과 지내며

1992년 사무총장으로 임명되고 임기를 마치면 어떤 일을 할까 하는 생각을 하면서, 아버님이 목회를 원하셨던 일을 생각하며 1976년도 신학교를 수료하였으니 신축병원을 찾아 원목실에서 선교 일을 할 생각을 해 보기도 하였으나 역시 적십자에 근무한 경험을 살려 사회봉사활동 분야에서 일하는 것이 좋겠다는 생각을 갖고 대학원 사회복지 전공수업을 2년 반 동안 주중 저녁에 들으며 학위를 얻고 1급사회복지사자격을 취득하였다. 1998년 사무총장직을 퇴임하고 적십자간호대학에서 적십자개론을 강의하던 터에 마침 한서대학교에 청소년복지학과가 신설되어 함기선 총장님의 배려로 2년간 사회복지과목과 자원봉사과목에 대한 겸임교수로 강의를 맡아 하였고 2001년에는 아동·청소년복지학과 교수로 발령을 받았다.

나는 오래 전부터 학교선생을 하고 싶은 욕망이 늘 있었는데 대학에서 15년여간 강의하게 되어 즐거웠고 더욱이 사회복지를 공부하고 있는 학생들은 심성이 착하고 사회복지사로서 일하고자 하는 학생들로 봉사심이 강하여 나를 잘 따르고 하여 학교에 가는 것이 늘 기쁘고 즐거운 마음으로 학생들과 지냈으며 늘 감사한 마음으로 지냈다.

한편 한서대학교와 적십자사가 공동프로그램으로 인도주의 일꾼을 키우기 위하여 동남아 학생들을 선발하여 수학시키는 업무를 담당하고 있는 한서대 부설 국제인도주의연구소 소장 직책도 15년간 맡아 하였으며 지금은 상임고문으로 도와주고 있다.

외국 장학생 초청국가로는 베트남, 스리랑카, 캄보디아, 러시아, 카자흐스탄, 우즈베키스탄, 타지키스탄, 인도, 파키스탄, 말레이시아, 몽골, 라오스, 네팔 등 13개 국가이며 매년 5~6명씩 초청되어 4년 반 동안 전액무료장학생으로 공부를 하는 프로그램이다.

그동안 83여 명이 입교하여 67명이 졸업하였으며 외국 학생들에 대한 대부 역할을 함에 보람을 느끼며 지냈다. 연구소는 여러 분들의 도움으로 운영하고 있으며 대한적십자 여성봉사특별자문위원회와 청소년복지학과 교수님들과 보고서 편집출간에 지영춘 교수께서 많은 도움을 주고 있으며, 코리아바이오택 채택병 사장, 한샘 조창걸 회장, 그리고 스위스의 장막 보넷 전 국제적십자위원회 아태 지역 단장 등 여러 분들의 후원에 힘입어 세미나와 포럼 등을 가지며 운영되고 있다.

내가 이 책자를 출간한다고 하였더니 사랑하는 외국 제자들이 글을 써서 보내 왔기에 여기에 몇 나라의 외국 학생들의 글을 수록하기로 하였다.

02
외국 제자들이 보내온 글

제2의 고향을 만들어 주신 은사님

휴마게인 산지부 박사(네팔) Dr. Humagain Sanjeev(Nepal)

"내 손 보여? 어, 친구! 얼굴 잘 나와야 자네 부모님께서 책자에서 자네 사진 보시지!"

봄과 가을 국제적십자청소년 세미나가 끝나면 단체 사진 촬영 시간에 교수님께서 늘 하시던 말씀입니다. 타지에서 생활하고 있는 자식의 밝고 예쁜 얼굴을 모든 학생의 부모에게 매번 보내주려고 노력하시는 교수님! 한서대학교 국제적십자 모든 장학생들의 부모님이십니다.

이렇게 보통 사람보다 훨씬 멀리, 깊게 보시는 교수님을 제가 처음 뵌 것은 2003년 겨울이었습니다. 그 후 저는 교수님과 함께 대한민국의 구석구석을 다녔고, 맛있는 것을 먹었고, 훌륭한 분들을 뵙고, 많은 것을 보고, 듣고, 느끼면서 살고 있습니다. 지금의 저를 만드는 데 그 누구보다 많은 도움과 영향을 끼친 이병웅 교수님은 저에게 아버지 같은 분이십니다.

평범한 저를 회장으로 - 지도교수로!

한서대학교 유학시절 저는 평범한 유학생이었습니다. 2005년 가을 교수님께서 저에게 엄청난 제안을 하십니다. "자네가 한서대학교 국

외국 학생들과 함께 열린 국제청소년세미나

제청소년적십자회 초대회장을 좀 맡아야 되겠네!" 저는 얼떨결에 "네 알겠습니다."라고 했습니다. 당시 저는 대학교 2학년생이었습니다. 2005년 9월 11일 한서대학교 국제청소년적십자회 초대회장을 맡아 선서하면서 인생 처음으로 "나는 외국에서도 무엇인가를 할 수 있는 놈이구나"라고 느꼈습니다. 그리고 이렇게 훌륭한 분께서 저를 선택 하셨다는 사실에 너무나도 감동하고 감사했습니다. 2008년 2월 학 부를 졸업하고 대학원 진학을 위해 서울로 떠났지만 이병웅 교수님 과 함께 한서대학교 국제청소년적십자 활동에는 지속적으로 참가했 습니다. 국제청소년적십자 세미나 준비와 진행을 같이하였습니다. 그 리고 2015년 연세대학교 대학원에서 박사학위를 받은 뒤 한서대학 교 조교수로 임명되어 교수님께서 저에게 한서대학교 국제청소년적 십자회 지도교수의 역할을 맡기셨고 저는 후배들을 위해 열심히 봉사 했습니다.

인생은 결과보다 과정이 중요하다!

교수님과 함께 식사를 했던 모든 시간들이 제 인생에 가장 소중한 시간이었습니다. 제가 한서대학교에 있을 때 매주 화요일 저녁 교수님과 함께했습니다. 서울에서 대학원생활을 시작한 후에는 특별한 날에 찾아뵙고 식사를 같이 했습니다. 특히 명절에는 꼭 만나서 인사도 드리고 식사도 같이 했습니다. 아버지이시니까 명절에 함께 반주도 했습니다.

늘 밝고 행복해 보이시는 교수님의 인생 이야기를 때로는 웃으면서 때로는 눈가에 눈물을 글썽거리면서 들었습니다. "믿음을 가지고 살다 보면 꼭 꿈이 이루어지더라. 거기에 중요한 것은 과정이다. 급하게 생각하지 말고 살아가다 보면 한걸음 한걸음씩 만들어지는 것이 인생사이다. 꾸준히 노력하는 것이 필요하다." 교수님께서 항상 강조하신 말씀입니다. 교수님을 뵙고 학교로 돌아가면 언제나 고향 다녀온 것처럼 힘이 났고 행복했습니다.

학생들을 편하게 해 줘야 한다!

매년 봄과 가을에 한서대학교 국제청소년적십자 세미나가 열립니다. 그리고 교수님께서는 늘 세미나를 대한민국의 특별한 곳에서 진행하십니다. 제가 대한민국의 구석구석을 갈 수 있었던 것도 세미나 덕분이었습니다.

한서대학교 국제청소년적십자행사 있는 날이면 교수님께서는 서울에서 빵을 가지고 새벽에 한서대학교에 도착하십니다. 학생들에게 가장 유명한 맛집으로 데려가셨고 행사를 짧게 진행하고, 저녁에 마음껏 음식을 즐기게 해 주셨고, 한국 문화를 소개하는 프로그램을 빼놓지 않으신 것은 이병웅 교수님께서 행사 진행에서 강조하시는 요소입니다. 여러 나라에서 온 유학생들이 행사에 참가하다 보니 일정에 대한 차질도 많았고 외국인들이 먹을 수 있는 음식과 먹을 수 없는 음식도 많았습니다. 하지만 교수님은 학생 한 명 한 명을 챙기셨고 우리가 하는 작은 실수를 늘 너그럽게 봐주셨고 절대로 화를 내지 않으셨습니다. 학생들이 편안하게 느끼는 것이 교수님께는 언제나 제일 중요한 사항이었습니다.

교수님과 가장 가까이에서 행사를 진행하다 보면 때로는 우리 때문에 교수님께서 난처한 상황에 처하신 것도 목격했습니다. 교수님의 후배 분들께서 "이렇게까지 해야 합니까?"라고 말할 정도의 상황에서도 교수님께서는 학생들의 행복을 가장 우선적으로 생각하셨고 저도 나중에 이렇게 살고 싶다는 생각을 수없이 했습니다.

저는 한국생활 동안 언제나 어렵고 힘든 일이 있을 때 교수님을 찾아뵈었습니다. 교수님 앞에 있으면 언제나 편안하고 행복했습니다. 2014년 봄 대학원 마무리와 진로 때문에 고민이 정말 많았습니다. 교수님께서 전화하셔서 사무실에서 잠깐 만나자고 하셨습니다. 바쁘고 힘들지만 교수님께서 말씀하셨으니 당연히 갔습니다. 교수님과 이런저런 이야기를 하다가 제가 '하품'을 했습니다. 교수님께서 물어 보십니다. "왜, 잠 잘 못 잤어?" "아닙니다, 좀 피곤해서요." 제가 답했습니다. 하지만 실제로는 너무 긴장하고 살아서 제가 며칠 만에 처음으로 하는 '하품'이었습니다. 아마도 교수님을 뵙고 마음의 긴장들이 다 풀려서 그랬던 것 같습니다. 이렇듯 교수님은 저에게 만병통치약이십니다.

제가 이렇게 존경하고 사랑하는 교수님께서 지난날의 이야기를 쓰신다고 하시니 진심으로 축하드립니다. 교수님의 개인적 삶, 봉사에 대한 열정과 한반도 분단의 역사에 대한 경험과 해결 노력을 통해 독자들이 많은 것을 배울 수 있으리라 믿어 의심치 않습니다. 우리에게 또 하나의 자산을 주셔서 감사드리며 오래오래 건강하게 사시기를 기원하겠습니다.

교수님을 사랑하는 제자 산지브

네팔 카투만투에서

◆ ◆ ◆

비엔티엔에서

스리요타이 타마아랑시(라오스) Soulighothai Thammalangsy(Laos)

저는 라오스적십자사 추천으로 한서대학교에서 적십자장학생으로 4년 반 동안 보건관리학을 전공하여 2009년에 학사학위를 취득하였습니다. 이후 한양대학교에서 2011년에 석사학위를 취득한 후 귀국하여 현재 라오스보건부 차관비서관으로 근무하고 있습니다.

저는 교수님과 인연을 맺고 12년간 지냈습니다. 교수님은 한서대학교 국제인도주의연구소장으로 적십자장학생을 관리하고 지도해 주신 분으로 내가 재학 시에는 라오스, 네팔, 스리랑카, 캄보디아, 몽고, 러시아, 우즈베키스탄. 카자크스탄, 적십자장학생을 위해 학교생활 외에 언어, 급식, 등에도 늘 신경 써주시고 경주, 설악 등 지역 문화 소개를 위한 현장탐방으로 한국에서 생활하는데 필요한 사항을 물적 심적으로 적극 지원해 주셨습니다.

특별히 제가 한서대 국제대학생회장으로 일했던 저에게 리더십과 관리능력을 갖출 수 있도록 지도해 주시기도 하셨습니다. 교수님은 맡으신 직무 외에도 우리들을 위하여 졸업 후 지금까지 다방면에서 헌신적으로 저희를 지도해 주시고 계심에 깊이 감사드립니다. 교수님 사랑해요! 건강하세요.

◆ ◆ ◆

또 한 분의 나의 아버지

라지타 가우살야(스리랑카) Rajitha Kawshalya(Sri lanka)

저는 2008년 8월, 대한적십자사와 한서대학교가 공동으로 추진하는 국제 청소년적십자장학생 프로그램에 선발되어 한국에 와서 한서대서 학위를 받고 지금은 인제대에서 박사과정을 받고 있습니다. 올 때 타국생활에 대한 두려움이 컸지만 선배들이 하는 말이 "이 대학에 이병웅 교수님이란 분이 계시는데 각 나라에서 온 장학생들을 대학에서 공부하는 동안 마치 아버지처럼 보살펴 주고 지도해 주신다."라고 했습니다. 이 소리를 듣고 저는 이병웅 교수님을 만나는 것에 무척 호기심이 생겨 기대가 되었습니다.

2008년 9월, 화요일로 기억이 되는 날 국제관계학과 교실에서 이병웅 교수님과 처음 만났습니다. 우리를 보고 활짝 웃으시며 반가워하셨습니다. 첫눈에 매우 친절하시고 유쾌한 분이신 걸 알 수 있었습니다. 한국과 대학생활에 대해 수많은 질문이 있었지만 정말 친절하게 모두 답변해 주셨습니다.

이병웅 교수님과의 깊은 추억으로, 같은 해 11월 해미읍성 주변에서 선배 두 명과 함께 소주를 곁들인 맛있는 돼지갈비를 먹었던 것이 기억나며 그 추억을 잊을 수 없습니다. 이런 분위기를 통해 한국의 전통문화에 대해 알 수 있었고 교수님과도 무척 친밀한 관계가 형성되었습니다. 무엇보다 한국어를 배우는 데 크게 도움이 되었습니다.

　이병웅 교수님은 매우 소박하고 정이 있는 분이십니다. 매주 화요일 학생들을 만나러 오셨고, 학생들에게 매번 자비로 점심을 사 주시곤 하셨습니다. 저희 학생들은 지루할 틈이 없었습니다. 교수님은 매우 에너지가 넘치는 분으로 학교생활 4년 반 동안 교수님으로 인해 수많은 행복한 추억을 쌓아 갈 수 있었습니다. 외국학생들에게 한국의 유명한 관광지를 한 곳이라도 더 가 보게 하려고 매년 국제청소년세

판문점 JSC에 위치한 유엔군 참전 기념비

미나를 열어 서울을 비롯하여 판문점, 해운대, 양수리, 여수, 새만금, 그리고 경주 등 여러 곳을 볼 수 있었습니다. 이벼웅ㅇ 교수님과는 지금도 교류를 갖고 있습니다.

5년 전, 2013년 12월 14일, 이병웅 교수님이 RCY 보고서를 만드는데 선배 산지브 박사와 함께 명동사무실에 갔습니다. 작업을 마치고 이병웅 교수님이 젊었을 때부터 다니시던 명동식당에서 저녁을 했습니다. 이병웅 교수님은 그 집 여사장에게 선배 산지브와 저를 당신의 아들로 소개하셨습니다. 예전에는 언제나 스리랑카에서 온 RCY장학생 라지타라고 소개를 하셨는데 이날 처음으로 저희를 아들이라고 소개하셨고 이 소리를 듣는 순간 깊은 감동의 떨림이 제 안에 소용돌이쳤습니다. 교수님을 향한 저의 깊은 애정과 존경심이 더해진 계기가 되었습니다. 한국에서 힘이 들 때 만나면 위로가 되는 그 모습이 바로 또 한 분의 나의 아버지의 모습이라고 늘 느끼며 살고 있습니다.

◆ ◆ ◆

나의 멘토Mentor
므그할 마하마드 나빌(파키스탄) Mughal Muhamad Nabil(Pakistan)

저는 문화와 환경에 대하여 아무것도 알지 못하는 한국으로 유학을 온다는 것에 걱정과 불안함이 컸습니다. 그러나 제가 이곳에 와서 바로 한서대학교 국제인도주의연구소를 맡아 일하시며 저희를 지도해 주시고 보호자 역할을 해 주시는 이병웅 교수님을 만났습니다.

교수님은 사회적으로도 경륜이 많으시고 많은 지식을 갖추고 계신 아주 친절하고 자상하신 분으로 2010년에 제가 한서대학교에 와서 만나게 된 분이십니다.

더욱이 제가 한서대학교 국제대학적십자회 회장을 맡고 있는 동안 친아버지처럼 도와주시고 후원해 주셨으며 저희 외국 학생 모두의 스승으로 잊을 수 없는 고마우신 분이십니다.

교수님은 제가 한서대학교를 졸업한 후에도 10년 넘게 저희의 생활에 인격적으로 지도해 주시고 계시는 멘토Mentor이십니다.

교수님, 늘 건강하시고 행복하시기를 바랍니다. 존경하며 사랑합니다.

◆ ◆ ◆

나의 영원한 조언자이신 교수님

가지 압둘라할 마문(방글라데시) Kazi Abdullahal Mamun(Bangladesh)

이병웅 교수님에 대한 감사의 마음을 이 글로 모두 표현할 수 있을지 모르겠습니다. 제가 2012년 한국에 와서 머무는 지난 6년간 이병웅 교수님을 나의 조언자요, 멘토요, 선생님으로 만났던 것이 제 인생에서 가장 행운이었다고 하겠습니다.

이병웅 교수님은 한서대학교에서 설립한 국제인도주의연구소 소장이시며 한서대 국제대학적십자회HUIRCY 활동을 지도해 주신 분으로 적십자활동뿐 아니라 외국 장학생 개개인의 한국생활 적응을 지도해 주셨습니다. 또한 저희가 개인적으로 다녀올 수 없는 유적지 등 한국 내의 여러 곳을 매년 세미나를 개최하시어 견학할 수 있게 해 주셨습니다.

저는 방글라데시 적신월사에서 추천되어 한서대 장학생으로 유학생활을 하는 동안 이병웅 교수님의 격려와 지도로 많은 도움을 받았습니다. 교수님을 몰랐다면 저는 한국이라는 바다에서 길을 잃고 헤매고 있었을 것입니다. 저는 6년 전에 제 인생계획에 없던 한국으로 오게 되었으며 이곳에 와서 많은 것을 배웠고 제가 공부를 더 해야 한다는 것을 알게 되었습니다. 그럴 수 있도록 해 준 대한적십자사와 한서대에 대하여 저는 깊이 감사하고 있습니다.

방글라데시에 있을 때, 저는 대한적십자사와 한서대학교가 공동으로 추진한 적십자장학생 프로그램에 대한 소개서신을 이병웅 교수님으로부터 받았습니다. 그리고 교수님께 조언을 구한 것이 저에게 크게 도움이 되었습니다.

교수님께서는 저의 대학생활 4년 반 동안 돌봐주셨고 학교를 떠난 후에도 계속 연락하며 지내고 있습니다. 교수님은 각종 교내행사나 세미나를 통해 저희가 가지고 있는 재능과 역량을 발견하도록 해 주셨으며, 사회의 일원으로 삶을 영위하는 데 필요한 태도와 지식을 가르쳐 주셨습니다. 교수님은 적십자를 통하여 온 모든 외국 장학생의 멘토이시며 후견인이십니다.

교수님! 저의 조언자요, 지도자이신 교수님과는 계속 연락하며 지내기를 희망합니다.

교수님! 저희를 늘 도와주심에 감사드립니다.

제6부
삶의 전환점을 마련해 주신 분들

· · · · ·

Only once a Letter

01
나의 후견인이신 김시환 장로님

장로님은 아버님과 같은 고향의 북청군 엄동리교회에 함께 다니시다가 한국전쟁 당시 32세의 나이로 월남하신 분으로 영락교회 장로님으로 봉직하셨다.

피난길에 아버지는 많은 사람들로 기차에 탈 자리가 없어 돌아가려고 하자 마지막 열차라고 하시면서 아버지와 나를 승차시켜 남으로 오게 하신 분이시다. 피난시절 부산 초량천 부근에서 자판장사를 하시다가 사업에 성공하시어 다른 분들보다 늦게 서울로 이주하셨다.

아버지가 이 세상을 떠나신 후 지낼 곳이 마땅치 않은 나를 장로님 집에 기거하도록 해 주셨고 대학도 다닐 수 있도록 지원하여 주시어 졸업할 수 있었다.

착실한 신앙인으로 많은 교회봉사를 하셨으며 늘 절제하는 생활로 사는 것이 하나님께서 우리에게 준 기독교인의 사명이라고 강조하셨으며 영락교회 절제위원장도 맡으셨던 분이시다. 나의 젊은 시절 신앙이 깊어지게 해 주시고 후견인으로 지켜 주신 분으로 2013년에 94세로 하나님 나라로 소천하셨다.

02
신앙인으로 키워 주신 최붕윤 목사님

　목사님은 평양신학교를 졸업하시고, 전쟁 중에 군목으로도 사역하셨으며, 청량리 보린교회 담임목사님으로 봉직하셨다. 목사님과 윤순섭 권사님은 나의 어린 시절 자식과 같이 돌봐 주신 분이시다. 나는 13살의 어린 나이로 학교에 갔다 오면 두 식구 중 아버지는 병원에 계셨으므로 따뜻하게 맞아줄 가족도 없어 교회 사택에 가서 성숙 누나, 성관이 형, 성철이와 함께 가족같이 지냈다. 사모님은 식사시간이 되면 의례히 내 밥까지 챙겨 놓아 주셨고, 장기간 기숙도 하며 그 곳에서 마음 편하게 지낼 수 있었다. 윤순섭 권사님이 광주까지 완행열차로 10시간을 타고 광주보병학교 졸업식에 오시어 가족 대표로 소위 계급장을 달아 주셨음에 감격하여 눈물을 흘리기도 하였다. 목사님께서는 아동교육에 힘쓰시어 일찍 유치원도 운영하셨으며, 두 번이나 현대식

건물인 교회를 신축하시면서 많은 신경을 쓰시더니 지병을 얻어 이로 인하여 1981년에 64세의 나이로, 윤순섭 권사님은 90세에 하나님의 부르심을 받고 소천하셨다. 따뜻한 사랑으로 나를 돌봐 주셨던 고마운 분들이시다.

03
어려운 결단을 해 주신 김봉수 권사님

김봉수 권사님은 나의 장모님으로 진명여학교를 다니시던 17세에 세브란스 의과대학에 다니시던 장인어른과 혼인하셨다. 장인어른은 적십자병원과 동산병원에서 진료하셨고 해방 후에는 삽교에서 개업하여 단란하게 사시다가 권사님이 36세가 되는 해에 소천하시어 온갖 고생을 해 가시며 아들을 서울대, 고려대, 딸은 이화여대를 졸업시키신 장한 분이시다. 신실한 신앙으로 경기노회여전도회 회장, 한국여자신학교 이사장직을 맡아 사회봉사하셨고 후사가 없는 노년 여성 성직자를 위해 가평에 현대식 요양시설도 마련하셨다. 나와 우리 집사람은 내가 월남 파병되기 직전에 교제하여 귀국한 후 청혼하였다. 일기친척도 없이 지내고 있는 내가 청혼을 하니 속상하셨지만 깊은 신앙심으로 이를 극복하시고 결혼을 허락하셨다. 우리 두 아이를 키워 주셨고 늘 기도해 주셨다. 장모님께서 늘 우리 가정을 걱정해 주시므로 정진구 처남까지도 평생 나를 적극 후원해 주셨음에 고마운 마음으로 살고 있다. 권사님은 2014년에 94세로 소천하셨다. 나의 친어머니 같은 분으로 평생 고마움을 잊을 수 없는 분이시다.

04

참된 군인 최일영 장군

　최일영 장군님은 육사 7기로 임관하시어 맹호부사단장, 주월비둘기부대장, 21사단장, 국방대학원장 등을 역임하셨던 전형적인 군인으로 전사에 밝은 분이시다. 내가 월남에서 공보장교로 근무하고 있던 중 부대장으로 부임하시어 전속부관으로 내가 모시게 되었다. 최일영 장군님은 모든 생활면에서 조금도 흐트러짐이 없으신 철저한 군인이셨다. 공금관리 등에 지나칠 정도로 청빈하셨다. 1971년 대통령 선거 당시 사단장으로 야당을 지지해서가 아니라 "군인은 절대 중립을 지켜야 한다."라는 그분의 소신으로 여권 지지표가 전 부대 중 가장 적게 나와 상부로부터 어려움을 겪기도 하셨다. 전역 후에는 친구인 총무처 장관이 국영기업체 임원으로 추천하였으나 군인이 군밖에 모르는데 기업체에 폐를 끼치는 일을 해서는 안 된다고 하시며 사양하셨다. 공직자는 공公과 사私를 분명히 해야 한다고 늘 말씀하셨다. 어렵게 사시다가 2005년 77세에 세상을 떠나셨다. 나에게 지휘관이 갖추어야 할 덕목에 대하여 가르쳐 주신 분이시다.

05
평화통일의 기수 정홍진 차관보님

  정홍진 차관보님은 심리전국 기획관 시절 처음으로 만난 분이다. 서울대 사회학과와 동 대학원을 졸업하시고 서울대 교수요원으로 근무하던 중 중정에 발탁되어 정보 분야와 국제 분야에서 일하시며 능력을 인정받아 30대에 국장급으로 보직되신 분이시다. 온화한 성격과 해박한 지식에 유머감각을 지니시어 사회의 후배들과 사내 아랫사람들로부터 많은 존경을 받고 지내셨다. 1971년 8월 처음 시작되는 남북업무를 맡게 되시면서 "앞일을 알 수 없는 일이라 함께 일하자고 말하기가 어려웠다."고 하셨다. 나 자신도 그 밤에 많은 생각을 하였으나 남북관계 일에 함께 참여하기로 하였다. 정홍진 국장님을 모시는 동안에 남북적십자회담 수행원으로, 비밀접촉 수행원으로, 이후 남북회담대표와 수석대표로 이 일에 30년 넘게 투신할 수 있는 기회를 갖게 되었다. 남북대화에서 최초로 단독으로 방북하시어 남북관계를 개선하는 데 크게 기여하셨다. 상당한 능력을 가지신 분이나 군사정권에서 정쟁법으로 활동을 제약 받아 공직을 일찍 그만두시고 학생들을 위한 장학 사업에 힘쓰고 계시다가 2017년에 83세로 소천하셨다.

06
인도주의 기수이신 서영훈 총재님

　서영훈 총재님은 1953년 적십자사에 입사하여 청소년부장과 사무총장 그리고 총재로 평생 적십자사와 함께하신 분이시다. 1972년 8월 남북적십자본회담 대표로 일하시다가 사무총장으로 취임하셨다. 당시 나는 대표단 운영을 맡고 있던 터에 인도주의기관에서 일하도록 권유해 주셨고, 내가 적십자에서 일하도록 해 주신 분이시다. 서영훈 총재님은 평소 인간의 생명존중, 인권존중을 강조하셨으며 적십자사 모든 직원들은 이러한 마음의 자세로 일해야 한다고 역설하셨으며 본인 스스로가 이런 일에 실천을 아끼지 않으셨다. 어려운 사람을 보면 그 자리에서 있는 것을 다 내주시며 노움을 주시는 분이셨다.

　이렇게 고결하시고 인자하신 분께서 평생 나를 이끌어 주셨으며, 더욱이 정당 대표와 국회의원을 지내시고 2001년 1월 평생 직장이던 대한적십자사 20대 총재로 취임하시어 나를 총재특보와 남북적십자회담 수석대표로 다시 임명해 주심으로 남북관계에 역할을 더 할 수 있도록 해 주셨다. 한편 교회 장로님으로 신앙생활을 하시다가 2017년 97세로 하나님의 부르심을 받고 소천하셨다.

07
어질고 인자하신 남재 김상협 총재님

김상협 총재님은 고려대학교총장과 국무총리를 역임하시고 1985년 8월 적십자총재로 부임하셨다. 내가 총재님을 처음 만나게 된 것은 1972년 고려대학교 경영대학원에 재학 시 총장실에서 남북관계 문제에 대해 대화를 나누었다. 이후 총재님으로 오시어 본사 총무부장으로 일하던 나에게 기획관리부서를 맡겨 주셨다. 그리고 지방출장을 가실 때에는 항시 내가 수행하도록 하여 재임 6년 동안 마치 부자 관계처럼 친근하게 지냈다. 회사의 중요한 회의나, 국정감사가 끝나면 "이번 주말 채를 메고 ○○○ CC로 와"라고 하시며 격려해 주셨다. 재임 중 적십자 시설의 반 이상을 현대화하셨고 모든 직원은 반드시 공개채용하도록 하셨으며 적십자사 발전에 크게 공헌하신 분이시다. "엉뚱한 생각을 해 봐라. 그래야 발전의 기회를 만들 수 있다."라고 하시며 일을 추진함에는 '야성과 지성'을 가지고 적극적으로 추진해야 한다고 가르쳐 주시었다. 임기를 마치신 후에도 종종 찾아뵙고 지혜를 구하며 지도를 받곤 하였는데 아쉽게도 1996년 2월 21일 75세로 일찍 소천하셨다.

08

나라 사랑 벽창호 청농 강영훈 총재님

강영훈 총재님은 18대 총재로 1991년 8월 12일 취임하셨다. 총재님은 5.16 군사혁명이 나자 군의 정치참여를 반대하시어 육군중장 출신으로 고학하며 남가주대학원에서 박사학위를 받으셨다. 귀국 후 한국외국어대학원장, 외교안보연구원원장, 주 바티칸교황청대사, 주 영국대사, 국무총리를 역임하시고 총재로 부임하셨다. 1992년 2월 나에게 사무총장 보직을 맡기셨다. 총재님은 적십자에 대한 뚜렷한 철학이 있으셨다. "인도주의 정신과 자원봉사 정신"을 표어로 봉사원 조직을 3만 명에서 7만 명으로 확장하고 어려운 사람을 돕는 데 힘쓰셨다. 총재님은 아침에 중요 요약보고를 받으시고 매사에 간결하고 명확한 지침을 주시고는 일을 사무총장에게 전적으로 맡겨 주셨으므로 보람 있게 일할 수 있었다. 퇴임 후에도 수십 년간 지사회장님들이 총재님을 모시며 친근하게 지내셨다.

강영훈 총재님 큰 그늘 밑에서 사무총장을 했었기에 매사를 대과 없이 처리할 수 있었으며, 훌륭하신 총재님을 모셨던 것은 무한한 영광이었다. 신실하신 천주교 신자로 생활하시다가 2016년에 94세로 소천하셨다.

09

봉사를 생활화하고 계신 이세웅 총재

이세웅 총재님은 2007년 적십자총재로 취임하셨고 대한적십자사 창설 이래 최고회원이시다. 신일학원 이사장과 적십자간호대, 성신여대, 숙명여대 이사장 및 예술의 전당 이사장, 한국·러시아문화협회장을 역임하시고 적십자사부총재에 이어 총재로 재임하셨다. 이세웅 총재님께서는 적십자에 관련을 맺기 전에 인도주의 사업을 위해 수억 원의 특별회비를 내주시어 최고회원이 되셨다. 부총재 재임 시 국제적십자총회를 우리나라에 유치하는 일을 위해 자비를 들여 세계 각국을 다니시며 협조를 얻어 2006년 서울에서 북한을 비롯하여 180여 개국

이 참여하는 국제회의를 성공적으로 개최하여 한적의 국제적 지위를 높이는 데 공헌하셨다. 남북이산가족 찾기 사업을 금강산에서 추진함에도 적극적으로 봉사활동을 하신 바 있으시다. 내가 적십자 일을 맡아 하는 동안 적극적인 후원으로 이산가족 사업을 추진하는 데 많은 도움을 주셨으며 나를 친동생처럼 대해 주신 잊을 수 없이 고마우신 분이다.

10
교육자이신 의사 함기선 총장

함기선 박사님은 현재 한서대학교 총장님이시다. 우리나라 성형외과 최고 인기 의사로 1979년부터 적십자사와 정부가 공동으로 5년여 동안 실시한 구순구개열 무료성형수술에 매주 토요일과 일요일 전국을 다니시며 무료봉사활동에 참여하셨다. 많은 봉사활동으로 적십자사 중앙위원과 부총재를 역임하셨다. 1990년 국가발전에 공헌할 일꾼들을 길러내기 위해 사재를 털어 서산에 한서대학교를 설립하셨고 항공, 디자인, 애니메이션 등 특성화 분야로 중점 육성하고 있다. 인도주의 일꾼 양성을 위해 동남아 15개국의 학생들을 적십자사와 공동으로

함기선 부총재와 역대 사무총장

초청하여 4년 반 동안 학비 전액과 기숙사비를 면제받는 장학생을 키우고 있다. 2018년까지 83명이 초청되어 수업을 받았으며 이 중 67명이 졸업하여 자기 나라에 가서 활동하고 있다. 내가 사무총장에서 퇴임한 후 나에게 사회복지자격증이 있음을 아시고 복지학과 교수와 외국장학생 지도를 맡겨 주심으로써 나의 삶 후반부를 인재양성의 일을하며 보람 있게 살 수 있는 기회를 주셨다. 함기선 총장님께서 나에게 베풀어 주신 배려를 평생 잊을 수 없다.

11
주님의 사랑으로 함께하신 분들

나는 살아오는 동안 많은 친구들과 지냈으며 또한 친구들의 도움도 많이 받고 살았다. 어린 시절에 고향에서 함께 피난 온 김유진, 김유철, 김재경 등 믿음의 형님들, 지금도 가깝게 지내며 수시로 모임을 갖고 있는 고등학교 동창, 대학 동창으로 구성된 경림회 회원, 일 년간 합숙하여 함께 기합 받으며 장교훈련을 받은 176기 동기생들, 정훈학교에서 함께 교관을 했던 친구들, 기우회, 심우회 회원들, 적십자에서 함께 일했던 친구들, 남북관계로 함께 일했던 친구들, 총각시절과 지금 이웃에 살며 수시로 만나는 오동진 등의 많은 친구들과 지내고 있지만, 여기에 모두 기록할 수 없어 평생 믿음으로 함께했던 선배님들과 친구 몇 명만 기록하기 위해 쓰기로 하였다.

캄보디아 앙코르와트

남서울교회 가브리엘싱기대

　학창시절 가족이 없던 나에게 장모님을 비롯하여 보린교회 여러 권
사님과 전도사님들은 나의 어머니 역할을 해 주시며 보살펴 주셨고
나를 위해 기도해 주셨다. 함께한 학생시절 믿음의 형제들 최성관, 함
명돈, 황동수, 유일성과 36년간 보린교회를 다니다가 강남으로 이사
하게 되어 1989년 남서울교회로 이전하며 보린교회에서부터 함께 지
내던 노완섭, 방건호, 강종완, 이영창, 이찬의, 김자희 형제자매와 이
분들과 함께 '밥스'라는 이름으로 지내는 백태인, 김용기, 부경혁, 전
병규, 집사님 내외로 형제자매와 같은 집사님들 그리고 가브리엘성가
대 여러 형제자매들과 시니어 회원들, 믿음의 산사모 회원님들, 여러
집사님, 당회원님들과 믿음의 형제자매로 지내고 있다.
　남서울교회에 처음 와서 홍정길 목사님의 신앙지도를 받고 지냈으며
이철 목사님이 부임하신 이후 장로로 주님을 섬기며 지냈고, 최근에는
화종부 당회장목사님의 신앙지도를 받고 있다. 1956년 고등학교 1학

남서울교회 은퇴장로

년 때부터 군에서 전방근무 2년, 월남참전 2년여 기간 제외하고는 주일
학교교사, 성가대원, 직분자로 맡은 일을 했지만 돌이켜 보면 주님 앞에
부끄러운 것뿐이다. 고등학교부터 시작한 성가대원을 하나님께서 부르
실 때까지 하려고 했으나 74세 이후 청각이 나빠 보청기를 끼면서 음정
을 잡을 수 없어 그것조차 할 수 없어 아쉬움이 있다.

직장에서의 서영훈, 이세웅 총재님, 이강호, 강광원, 김혜남, 지영춘,
최영운, 문은미, 김사라 선후배님들이 신우회를 이끌어 주시어 직장
신앙인들과 기도생활을 할 수 있도록 해 주셨다. 강광원 선배는 평생
내 일이라면 어떤 일이든 최선을 다해 도와주시는 친형님 같은 분이
시다. 한 교회 교우는 아니지만 형제같이 지내는 믿음의교회 채택병
회장님, 그리고 남서울교회 교우님들의 사랑에 감사드리며 평생을 함
께 신앙생활을 하며 주님의 사랑 안에서 형제자매로 함께 알고 지내
게 됨을 주님께 감사드릴 뿐이다.

12

그리스도를 바라보며

내가 다니던 기독교 계통의 학교 정문에 들어서면 "그리스도를 바라보자"라는 대형 글판이 붙어 있다. 이 표어가 나의 삶에 큰 표어가 되었다고 하겠다.

그리스도의 원이름은 예수 그리스도Jesus christ이다. 예수는 구원자 마태1:21라는 뜻이고 그리스도는 하나님께서 기름 부으신 분, 메시야 구주시 2:2, 20:6라는 뜻이다. 그리스도께서 우리에게 가르치신 가장 으뜸되는 계명은 "하나님을 공경하고 이웃을 사랑하라마가 12:28-34"이며 황금률은 "남에게 대접받고자 하는 대로 남을 대접하라마태7:12"와 "너희 원수를 사랑하며 핍박하는 자를 위하여 기도하라마태 5:44"고 하셨으며, 우리에게 '사랑'이라는 것이 어떤 것인가를 가르치셨다.

내가 평생 그리스도에 대하여 감사한 것은 첫째, 예수님께서 유일신 하나님이 계시다는 것을 알려 주셨으며 둘째로는 우리를 위해 십자가에 달려 희생하였고, 셋째로는 자기와 의견이나 생각이 다르면 죽이거나 상종하지 않아야 했던 시절 사랑을 가르쳐 주셨고 몸소 실천 하셨다는 것이다.

어느 누가 자기는 잘못이 없는데 남을 위해 고통을 받으며 생명 바칠 것인가 하는 생각을 하면 인간적으로 생각해도 참으로 위대하신 분이시라는 것을 늘 생각하곤 한다. 이 세상 모두가 그리스도의 정신으로 산다면 밝은 세상이 될 것이다.

나는 기독교 가정에서 태어나 장로님이셨던 아버지의 신앙으로 그리스도에 대한 믿음을 갖고 있지만 학교에서 매일매일 수업 전과, 집에 가기 전에 찬송하고 기도하며 지냈던 학교의 신앙교육은 나의 생애에 큰 힘이 되었다.

나는 한국전쟁으로 인해 아버지와 단둘이 살며, 가족도 없고 가까운 친척도 없이 살면서 외로움도 있었다. 의사이신 아버지 밑에서 자라면서 재정적 걱정 없이 편히 지내다가 고교 졸업 직후 재수하려던 터에 바로 아버님을 여의고 혼자 남았다. 남겨준 재산도 믿었던 교우들로 큰 손실을 보고, 겨우 고향 분의 도움으로 생활하고 있던 터에 대학 4학년 때에는 각혈로 중병의 선고를 받아 절망의 터널 속에서도 오직 그리스도에게 의지하고 지냈기에 이를 극복할 수 있었다. 생사를 알수 없던 전쟁터에 가서도 그리스도를 통한 기도와 믿음으로 위로와 용기를 얻어 마음의 안정을 찾고 즐거운 마음으로 지낼 수 있었다.

평생 살아오면서 하나님께 매달리며 간절히 기도한 것 중에는 중병

세계에서 가장 작은 교회

을 앓으며 "하나님 좀 더 살고 싶습니다."라는 기도와 전쟁터에서 "나불려 가는 것은 괜찮으나 불구자 되지 않게 해 주세요." 그리고 직장에서는 매일 아침 자리에 앉으면 바로 "내가 맡은 일 잘 감당하도록 지혜와 능력 주세요." 이 기도를 하곤 하였다. 주님은 늘 내 기도를 들어 주시었으며 내가 앞일을 계획하고 산 것이 아니라 하나님께서 주변 분들이 나를 추천하고 도와주어 내 능력보다 늘 더 많은 은덕을 입으며 살아오도록 해 주셨다. 이렇게 베풀어 주신 하나님 은혜에 늘 감사하며 살아가고 있다.

나는 우리 가족 보금자리를 마련함에 크고 작고는 따지지 않지만 반드시 해가 잘 드는 집에서 살기를 원하고 살아왔으며 이사 다닐 때마다 그것이 제1조건이었다. 석관동, 역촌동, 제기동, 분당, 서초동, 어느 지역 살든 모든 집들은 밝았다. 이제 자식들도 장성하여 50이 되는 아들 이윤석 군은 LG회사에 중역으로 일하며, 같은 회사에 다니던 소진이와 1997년에 남서울교회에서 결혼식을 올렸고, 여의도에 살며, 2001년에 한나를 낳고, 2005년에는 미국에서 주재원으로 근무 중 예나를 낳았다. 46세가 되는 딸 희진이는 아현교회 박동은 장로님의 아들로 한국거래소에서 부장으로 일하고 있는 박지환 군과 2002년에 아현교회에서 혼인하여 2004년에 주하를, 2008년에 주형이를 낳아 살고 있으며, 나와 정영희 권사는 이곳 방배동에서 살면서 남서울교회에 다니며 하나님께서 베풀어 주신 크신 은혜에 늘 감사하며 살아가고 있다.

앞날에 대한 나의 희망은 더 나이 들어 기억력이 많이 떨어지더라도 조금도 변치 않는 굳건한 믿음으로 그리스도를 바라보며 살아가도록 하나님께서 늘 지켜 주시는 것이다.

1980년 가족사진

2018년 가족사진

〈詩〉 조병기

황산리 눈보라

◆ ◆ ◆

그해 겨울은 집 더미처럼 눈이 많이 내렸어요
할아버지는 나를 길주 역에 내려놓고
아버지와 실랑이를 하시다가
건너온 철교로 되돌아 가셨지요
그게 마지막 이었어요

아버지도 가신지 오십 여년
나 죽기 전 북쪽 길 뚫리면 백두산까지
걸어올라 갈려고 했지요
고향은 언제나 평화롭고 양지 바른 곳
겨울이면 뒷 산등성이에 올라
미끄럼을 탔었는데

어찌해서 우리는 이렇게
고향조차 잃고 살고 있는지 모르겠습니다.
아버지 이불 봇짐에서 내렸을 때
함박눈이 펑펑 내려와
어머니 머리 위에 소복히 쌓였어요
수건으로 머리 눈을 터시며 함빡 웃으시던 어머니
그해 겨울을 잊을 수가 없습니다.

잃어진 세월이 너무 멉니다.
바라보면 지척인데
얼마를 더 그리워해야만 합니까.
얼마를 더 기다려야 합니까.
잊혀지지 않을 산하여, 꿈이여-.

베트남 디안에서

※ 시인 조병기 박사는 정훈학교시절 함께
근무했으며 중령예편 후 동신대 국문과
교수 겸 인문대학장으로 근무했으며 정년
이후 시작(詩作)활동에 전념하고 있다.

참고문헌

〈남북한 통일제의 비교1945-2005〉, 통일원, 2005

〈통일노력60년〉, 통일부, 2005

〈하늘길 땅길 바닷길 열어 통일로〉, 통일부, 2005

〈남북대화 7.4에서 6.15까지〉, 강인덕·송종환 공저, 극동문제

연구소, 2004

〈북한40년〉, 양호민·이상우 공저, 1989

〈이규태 코너〉, 조선일보, 1991

〈대한적십자사사업의10년〉, 대한적십자사, 4292

〈한국적십자사운동100년〉, 대한적십자사, 2006

〈북한. 조선으로 다시읽다〉, 김병로, 서울대출판문화, 2016

이병웅 연보(李柄雄 年普)

* 1940년 3월 28일 부친 이철모, 모친 강보배의 장남으로
  북청 바닷가에서 출생
* 가족: 배우자 정영희출생지: 충남 홍성군 삽교
          장남 이윤석, 자부 이소진, 손녀 이한나, 이예나
          장녀 이희진, 사위 박지환, 손자 박주하, 박주형

논 문

「한반도 난민의 인도적 보호에 관한 연구」

「남북이산가족문제 해결에 대한 연구」

「인도주의 개념」

「남북한 간 해결해야할 인도적 문제」

「인도주의활동과 난민협약」 외 수 편

저 서

『적십자개론』, 1998년

『평화의 기旗를 들고』, 2004년

『한국적십자운동 100년 남북관계편』, 2005년

『하늘빛 아래 살며』, 2009

『하나 되기를 그리며』, 2009년